从前慢，爱一人

献给我们心中的那些乡野物事

慕容素衣 著

北京理工大学出版社
BEIJING INSTITUTE OF TECHNOLOGY PRESS

图书在版编目（CIP）数据

从前慢，爱一人 / 慕容素衣著. —北京 : 北京理工大学出版社, 2018.12

ISBN 978-7-5682-6369-6

Ⅰ. ①从… Ⅱ. ①慕… Ⅲ. ①散文集－中国－当代 Ⅳ. ①I267

中国版本图书馆CIP数据核字（2018）第221343号

出版发行 / 北京理工大学出版社有限责任公司
社　　址 / 北京市海淀区中关村南大街 5 号
邮　　编 / 100081
电　　话 / （010）68914775（总编室）
（010）82562903（教材售后服务热线）
（010）68948351（其他图书服务热线）
网　　址 / http: //www.bitpress.com.cn
经　　销 / 全国各地新华书店
印　　刷 / 三河市金元印装有限公司
开　　本 / 889 毫米 × 1194 毫米　1/32
印　　张 / 7.75
字　　数 / 139千字
版　　次 / 2018 年 12 月第 1 版　2018 年 12 月第 1 次印刷
定　　价 / 39.80元

责任编辑 / 李慧智
文案编辑 / 李慧智
责任校对 / 黄拾三
责任印制 / 施胜娟

序

山的那边究竟有什么

我们这一代人都是在外来文明的熏陶下长大的，越来越多的人拥进城市，乡村在城里人的眼里往往成了闭塞落后的代名词。似乎只有在古代诗人笔下，偏僻的村庄才会散发出迷人的魅力，特别是陶渊明的诗，读到“暧暧远人村，依依墟里烟”这样的诗句，总会觉得诗中的村庄美得清新脱俗，就如宋元画家笔下的水墨山水。

我是在村庄里长大的，直到十岁随家人搬到小镇，才与村庄结束了形影不离的关系。儿童的眼睛是最纯真的，从不以功利的眼光去看待事物，这一点倒和诗人颇为相似。那处于湘中一隅的小山村，透过我那双尚未沾染风尘的眼睛来看，不乏诗意的美。如今，记忆更加美化了我儿时生活的村庄，我常常想，如果去掉在村庄度过的那十年，我的生命将失去它厚重的底色，变得无比苍白。

山里的孩子都是被散养的，我和我的小伙伴们都是吹着山风，吃着山中的野果，在山野之间无拘无束地长大的。我们拿着自制的木枪打野战，在山间田埂上自由自在地游荡，坐着木头做的轴轮车从山坡上滑下来，满心都是快活。尽管我直到二十岁才第一次吃麦当劳，二十几岁才第一次坐飞机，没有穿过公主裙，没有玩过芭比娃娃，可我总觉得，没有麦当劳和芭比娃娃的童年也一样快乐，我们尽管没什么钱，却并不觉得物质匮乏。

我还记得童年时候的天空。那时候的天空总是变幻莫测的，早上有朝霞，傍晚有晚霞，不像现在，难得有那样绚烂的霞光。当天上布满火烧云的时候，便是我最快乐的时分。天上的云是那么的红，厚重的红，地上的一切都被云层中的阳光映照得金灿灿的。小小的我禁不住在这奇异的景象里迷醉了，扯起两腿在池塘边奔跑、呼喊，我觉得自己的童年不仅快活，而且很美。

当然，我也向往外面的世界。小时候的我总喜欢爬到山坡上，坐在凸起的一块大青石上，仰着头往外面望。可是，望来望去，我只能望到连绵起伏的山坡。大山阻隔了我的视线，我万分好奇山的那边究竟有什么，大人们笑着告诉我，山的那边还是山。我的邵阳老乡十年砍柴曾经写过一本书叫《进城走了十八年》，其实每一个从山里走到城里的孩子都要走这么一段路，他们要吃很多的苦，流很多的汗，花很大的力气才能走出大山，去亲眼看看山的那边究竟有什么。

山的那边究竟有什么呢？有高楼大厦，有霓虹灯闪烁的街头，有宽敞明亮的商场，有无数新奇好玩的事物，有山里孩子无法想象的繁华和热闹。我还记得，当我第一次置身于省城的阿波罗商场，看到那么多琳琅满目的商品，坐在可以升降的自动扶梯上时，我的内心有一点点兴奋，不过更多的是惶恐。惶恐来自陌生，我所置身的这个地方是如此光鲜，光鲜得几乎有些不像真的。

和许多从山里出来的孩子一样，我曾经力图抹去大山在我身上留下的痕迹，我听着美国之音学英语，辗转考上本省最好大学的研究生，还跟着时尚周刊学穿衣打扮。经过多年不懈的努力，我终于看起来和城里人没有差别了，我皮肤白皙，衣着入时，说一口标准的普通话，在城里有一份体面的工作，还有了自己的房子和车子。

可时间过去得越久，我越感到自己在城里始终是个异乡人，对于城市生活，我始终有一种隔膜感。十几岁就离开湘西去了北京的沈从文一直说，他是个乡下人。可能我们湖南人都是一样的固执吧，因为我也有这种感觉。“乡下人”，我曾经多么想摘去这个标签，最终却完全认同了这样的自我定位，并且隐隐引以为傲。

也许人都要经历过“见山不是山，见水不是水”的阶段，才能回复到“见山是山，见水是水”的境界。见识过山那边的世界之后，我深深怀念的，居然是曾经的山居生活。在离开山村长达二十多年之后，那些在松涛水声中玩耍的旧日时光，那些历经苦难却始终热爱生活的父老乡亲，一点点在我的心上复活了，我在他们的驱使下写下了书中这些文章。

记忆隔得太久，可能没有那么精确，我只能尽力还原他们曾有的生活图景。也许他们在这个世上，大多不过卑微如草芥，但在我的记忆中，他们朴素单纯，就像陶渊明诗中所说的那种“素心人”，是他们给予了我最初的感动和力量。

同样卑微如草芥的我，想把这本书献给我曾经一心想要逃离如今却深深眷恋的故乡，献给我平凡而伟大的乡亲们。故乡是我们共同的根，不论我们身在何处，它都会源源不断地给我们提供养分。如果未曾谋面的你能从这些文字中，读懂一片绿叶对根的情意，那将是我作为作者最大的幸运。

有故乡的人是有福的。

目录 | CONTENTS

Chapter 1

从前的时间过得慢，一生只够爱一个人

Chapter 2

往后的时光还很长，
我都会一直陪着你

Chapter 3

那些不能忘记的温暖，一直都留在记忆里

Chapter 4

有些人有些事，
光听一听就觉得是那么美好

Chapter 1

从前的时间过得慢，
一生只够爱一个人

从前慢，爱一人

（一）

我的老家湖南，春天要来得比广东晚一点儿。

印象中，老家的春天总是伴随着清明的到来才开始变得声势浩大。在此之前，你只能从泡桐树一点淡绿的嫩芽、迎春花一枝未开的花苞嗅到一点点春的气息。

清明前后，春风和煦，春雨飞洒，我们走在明媚的春光中，提着纸钱炮仗，去后山的祖坟扫墓。春风拂在脸上，柔柔的，暖暖的，我们的心情，也变得明媚起来。

我从小就喜欢清明节，记得小学二年级时学过一首名叫《清明》的古诗，老师在讲台上摇头晃脑地念：

“清明时节雨纷纷，路上行人欲断魂。”

我们也跟着摇头晃脑地念：

“清明时节雨纷纷——路上行人欲断魂——”

小时候的我们总喜欢把最后一个字的音拖得很长。

老师说诗是用来念的，不是用来唱的，老师还说这是一首很感伤的诗，你们要念出“断魂”的感觉来。

老师说的话很有道理，可是我们依然把这首诗念得喜气洋洋，每一句后面都拖着长长的尾音。我当时不明白，清明时节下的雨又不是特别讨人嫌，那些路上的行人为什么会“断魂”呢？

小时候的我还无法把清明节与感伤联系在一起，因为那时的清明节在我看来是一个欢快的节日。每年清明，爸爸妈妈都会带我去山上扫墓，不过，那时最重要的活动并非扫墓，而是“挂青”。挂青是指把白纸剪成的纸幡挂在坟前，而一座坟头清明时是否有挂青，是当时评判家族是否后继有人、兴旺发达、父慈子孝的标志。孩子们不在意这些，这时的孩子满心惦记着放鞭炮，在草地上打滚，或是眼巴巴看着父母给先人们准备的桐叶粑粑。

清明时漫山遍野都是野花，坟地上的草长出来有两寸高了，让人很想躺上去打个滚。每次去的时候，爸爸都要用锄头把坟前的草清理干净，妈妈则忙着挂纸幡和烧纸钱，我呢，不是在草地上蹦跶，就是在编花环。这时山间有一种白色的野花开得正好，它们枝条柔韧细长，花朵密集清香，我看见后总是忍不住折下两三枝用来编织花环。

等我玩儿得差不多时，爸爸就会叫我：“过来拜一拜你的太婆和爷爷。”

两座低矮的坟里睡着我的太婆和爷爷。从我懂事以来，他们就睡在这里，不知睡了多少年。坟前简陋的石碑上刻着他们的名字，我知道爷爷叫于大贵，可是太婆叫什么，我并不清楚，因为石碑上只是刻着“于门申氏”四个字。

妈妈问我：“你还记得你太婆吗？”

我使劲点了点头。我虽然没有见过我的爷爷，但是我见过我的太婆。我的爸爸刚满十六岁，我的爷爷便不幸去世了，因此我无缘与爷爷见面，可是我的太婆曾是村里最年长的老寿星，她一直活到了我六七岁。

妈妈往太婆的坟前放了一碟桐叶粑粑，叹息着说：“你太婆是个苦命的人啊。”

我不太明白苦命是什么意思，就像我不太明白“断魂”与清明节之间的联系一样，比起太婆的命运，当时的我显然更关心何时能吃桐叶粑粑。

我出生的时候，太婆已经很老很老了，我与她的相处时间并不长，关于她的记忆也并不多。妈妈与太婆的关系比较亲密，她曾向我断断续续地讲述太婆的事迹，并希望我能把太婆的事迹写下来。

（二）

前文我已交代，我不知道太婆的名字，太婆的墓碑没有篆刻她的名字，而村民们也从没唤过她的名字。

从我记事起，村里人都叫她七太婆。还没那么老的时候，大家叫她七奶奶。人们对她的称呼始终和她的男人绑在一起，却从不理会那个男人在她生命中其实只占有极少的分量。

在太婆还被叫七嫂的时候，她的男人就被抓了壮丁。

说抓并不准确，确切地说，是他主动顶替哥哥进了国民党部队。

太公年轻时是个游手好闲的人。听村里人说，他长得高高大大，干起活来也有模有样，可就是不肯好好劳作，整天叼着烟斗在村子里游荡，见到哪里有打牌的就凑过去，地里长满了草也不肯清理一下。

太公的父母很不喜欢这个儿子，太婆刚出月子老两口儿就张罗着分了家。年轻的太公和太婆只分得草屋两间外加破锅一个，两人在草屋里抱头痛哭，年轻的太公信誓旦旦地向太婆保证他会改掉懒惰的毛病。然而，第二天一起床，太公就把誓言忘得一干二净，太婆让他去摘黄花，他却又在村头看起了纸牌。

不得已，太婆只好把孩子放进背篓，顶着日头去摘黄花，可是手再快也赶不及在黄花开放之前摘完。太阳越来越毒，满地的黄花都开了（黄花开了后就不能食用了），孩子也晒得在背篓里哭泣起来，太婆一面哄着孩子，一面麻利地摘着黄花。

回到家里，太公正坐在床上抽烟，家里冷锅冷灶的没有一丝烟火气。见太婆回来了，太公还说："黄花都开了，还摘回来做什么？"

太婆按捺不住，轻轻放下背篓，把手中提的那袋黄花兜头倒在了太公身上。

从那以后夫妻俩就争吵不断。

两年的时间就在他们的争吵中过去了。国内的局势越来越紧张，国民党到处抓壮丁，村子里一时人心惶惶，做母亲的想把儿子藏起来，做妻子的想把丈夫藏起来，于是后山的山洞顿时热闹起来。太公这时倒是一点不怕，照样在村子里溜达。

太公家有好几个兄弟，排行第五的那个在田间锄草时被国民党拉到镇上去了。同村的人前来通报时，太公的妈妈急哭了，因为她最疼爱的就是这个勤快又聪慧的五儿子。

"这可怎么得了啊！我的五崽啊！"太公的妈妈哭着跑到村头，迎面就看到正在村头大树下和两个老人玩纸牌的太公，她见后哭得更厉害了，"天老爷啊，要抓也抓这个去嘛，为什么抓走我的五崽啊！"

知道事情的原委后，太公放下纸牌对他的妈妈说："姐姐你莫哭（我们那老一辈很多人把妈妈叫姐姐），你舍不得五哥的话，我去镇上换他回来。"

太公的妈妈听后哭声马上变低了。

年轻的太公转身晃着两条长腿往镇上走去。

太公的妈妈在后面呼喊："七伢子，你和你屋里人说一声再去啊。"

太公回过头，说了句"不用了，她也不喜欢我"，就扭脸走了。

太婆知道消息后立马追到了镇上，可是那支队伍已经出发了。她听说队伍要去一个很远的地方，许久以后才知道那个很远的地方叫台湾。

"这个背时杀千刀的，有种就再也别回来！"年轻的太婆挺着大肚子，手里牵着一个两岁多的男孩，对着太公离去的方向狠狠吐了口唾沫。她红着眼眶却忍着不让泪水滴落，回到村里后就牵着孩子冲进了婆婆家，把灶台上的碗砸得粉碎。

那一年太婆多大？刚过二十，还是只有十几岁？没有人记得了，连她自己也说不清楚，只知道太公走的时候，我大爷爷才两岁多，我爷爷还在她的肚子里。

在那个年头，女人改嫁是一件很平常的事，虽说带着两个孩子，可是我太婆生得健壮丰满，人又勤劳能干，改嫁应该不难。可是她没有改嫁，也许她一直在等太公回来。

（三）

太公走了之后，太婆来不及伤心，因为她得想如何活下去，如何把孩子拉扯大。

太公走之前，家里家外就是太婆一个人在打理，可她觉得那种日子虽然忙碌但是心里有底，心情不好了可以和太公吵一架，累了也可以把事情都推给太公，太公虽心有不满，但总会无奈地妥协。太公一离家出走，太婆觉得家里失去了顶梁柱，也失去了生活的底气，如今她的辛苦除了博人同情外，更像是咎由自取——要不是她脾气暴躁，男人怎么会宁愿去打仗也不愿守在老婆孩子身边。

在村人复杂的目光中，太婆和以前一样忙进忙出，甚至比以前更甚。临产前她还在地里摘棉花，察觉到肚子痛时已经来不及赶回家，就在棉花地里生下了一个瘦巴巴的男婴。这个男婴就是我的爷爷。

我的爷爷刚出生时特别瘦小，多半是因为太婆在怀孕期间营养不足。太婆脱下自己的一件外衣紧紧地裹住他，就耗光了全部力气。太婆躺在新摘的棉花上，看着被血染红的棉花想，都弄脏了好可惜，不然可以给刚出生的宝宝絮件新棉袄了。

我的大爷爷在棉花地里找到太婆时，她已经奄奄一息了。他哭着叫来了自己的奶奶，她倒是不计前嫌，赶紧叫人把媳妇背了回去，还给她做了红糖荷包蛋。

太婆在床上躺了整整七天。七天后，她的婆婆推开她的房门时，发现她已经下地去干活了。

两个爷爷的名字都是太婆取的，大的叫大福，小的叫大贵，寄托了一个母亲对他们最朴实的期望。

太婆是个聪明能干的女人，纺棉、种田、做鞋、酿酒，她样样精通。她纺的棉布细腻结实让人爱不释手，她种植的庄稼产量总比别家高，她做的鞋结实得可以穿上两三年，她酿的酒如今还被村里人啧啧称赞。为了谋生，她还做起了媒。要知道，这一行很忌讳没有丈夫的女人，可太婆一上门，没有人可以抗拒她的热情。

没有男人依靠的日子，太婆把自己活成了一棵树，向着阳光不断生长。我的两个爷爷在太婆的养育下也像树苗一样成长起来，他们并没有因为父爱的缺失而心理不健康，反而早早地学会了分担家务。太婆去田里干活时，他们就在旁边打猪草；太婆去山上摘茶叶时，他们就背着小筐去采蘑菇；太婆在忙着打禾插秧时，他们就在家里为母亲准备饭菜，并在中午把热饭热茶送到田间地头。

时间过得很快，我的两个爷爷一天天长大了，他们继承了父亲的高大和母亲的勤劳，我的爷爷大贵甚至成了村里个子最高的人。太婆领着二人忙活了一年，终于住进了亲自砌的土砖房，两个儿子也相继娶上了老婆。

我奶奶进门那天，太婆坐在椅子上，笑眯眯地接受了儿媳妇的拜见。族里人提醒新媳妇还得拜下公公，没有照片的话对着堂屋中间拜拜也行，太婆一下子沉了脸，说："你七爷爷还没死呢，等他回来再拜不迟！"

（四）

我没有见过我爷爷，更没有见过我大爷爷，他们很早之前就过世了，早到我还没有出世，早到我妈妈还没有嫁过来。

我的大爷爷成家不满三年，就得了一场暴病过世了。

由于他年纪轻轻就忽然死去，再加上他死前的症状非同一般，村里人便对他的死因有了诸多猜测。不过，大部分村民认为，他是蛊毒发作而死。

大爷爷为了生计经常在靖县一带奔波，据说他在那里认识了一个会放蛊的苗族女子，他们还曾同居过。随着大爷爷成家，二人的关系变得恶劣，那个女子气愤之下在他身上下了蛊。

此事不知真假，不过村里人说得有鼻子有眼儿，甚至还绘声绘色地讲述了如何制作蛊毒。他们说要先挑一只喂养超过三年的雄性公鸡，然后把这只鸡挂在深山老林里。为什么要选这样的林子呢？因为这里瘴气重，毒虫横行，鸡身在这里挂三个月后会被毒虫咬得支离破碎，而吸饱了毒气的内脏会神奇地留下来。这时把风干了的鸡内脏磨成粉末，藏于指甲中，趁人不注意时弹到别人的茶杯里，喝茶的人就会中蛊。蛊一般不会立即发作，它会有一定的潜伏期，于是中蛊的大爷爷回家不久便蛊毒发作而死了。

据说大爷爷死的时候全身肿胀得近乎透明，太婆不甘心，央人抬到县医院开刀，医生打开腹腔后看了一眼说“没得救了”，果然，医生还没来得及进行缝合，大爷爷便死在了手术台上。

蛊毒的传言我觉得实在不可信，根据村民们的描述，我猜想大爷爷很可能死于癌症。

太婆接受不了儿子的忽然离世，尤其接受不了因为她的坚持治疗，让儿子在死前还挨了一刀，连个全尸都没保存。

她抱着儿子血肉模糊的尸体哭得死去活来，好像要把一生的眼泪都流光，边哭边喊：“老天爷啊，你怎么这么不开眼啊，要死也是让我死，怎么让我的大福先走了呢！”

我奶奶总是说，太婆后来变得痴痴傻傻，很可能就是当时哭得太多。

我爷爷活得比较久一点，死的时候刚刚四十岁。他留下了年轻的妻子和五个儿女，当时最大的儿子才十六岁，最小的女儿才两岁。

他也是死于一场暴病，不过由于他从来没有离开过我们村，所以关于他的死因没有那么多离奇的说法。

至于死于什么病，我奶奶也不太清楚，爷爷突然之间消瘦得很厉害，等到断气的时候，一米八几的个子却轻得像个孩子，就连抬棺材的人都说“大贵爷可真轻啊”。

太婆照例大哭了一场，喊的话也和上次差不多：“老天爷啊，你怎么不开眼啊，把我的大福大贵都带了去！你留着我这个孤老婆子干什么啊！”

爷爷走后不久，太婆去镇上割了肉，又杀了自家的一只母鸡，做好后拿到了奶奶家，还没张嘴就掉下泪来，半晌才哽咽道：“今天是大贵的生日啊。”

鸡和肉被五个孩子很快吃光了，太婆和奶奶相对垂泪，为爷爷没有过上四十岁生日而遗憾。太婆一直认为，爷爷英年早逝是由于先天不足，要是怀他时自己吃得好些，没准他能长命百岁。

我奶奶和太婆一样，都没再改嫁。

大奶奶在大爷爷死后的第三年改嫁了。她有一儿一女，儿子是大爷爷的遗腹子。

嫁到隔壁镇上时，大奶奶带了儿子去，因为儿子小还要吃奶，必须跟着妈妈。女儿大一点，就留在家里给我太婆带。那年正好赶上自然灾害，大奶奶改嫁的这家的家境并不好，带两个孩子过去负担不起。

我奶奶早就和太婆分家了，我太婆带着小孙女（我大姑）一起过，有吃的都先让她吃，粮食吃完了就上山挖草根吃树皮，两个人总算活了下来。

大奶奶改嫁半年后，太婆买了一包糖去看孙子。到了那里一看，大奶奶正在奶孩子，孙子瘦得不成样子，饿得坐在草丛里自己捉蚂蚱吃。

太婆见后心酸得不得了，提出要带孙子回去。可是她那时已经上了年纪，又处于粮食短缺的年代，一个人根本养活不了两个孩子，无奈之下她只得把孙女交给大奶奶带。她觉得孙女大些也胖些，跟着妈妈活下去的机会也高些。

因为这件事，我大姑一直责怪太婆重男轻女。面对大姑的指责，太婆没有辩解，她只是说：“不怪姑娘，只怪我这个死老婆子没用。”

一九六一年，我们村子里饿死了很多人。隔壁村的一个老头饿得受不了，就到我们这儿来向亲戚求助。他敲了很久的门，他姐姐一直没有开，第二天早上起来一看，他已经饿死在门前放杂物的小屋里。

我不知道年迈的太婆是怎么带着我大爷爷的儿子熬过来的。听妈妈说，她那时偶尔还是有机会去别人家做媒的，如果确定第二天要去别人家说媒，头一天中午开始她就什么都不吃了，把自己的那份食物都给大爷爷的儿子，饿得受不了就喝点水，等到第二天中午才在那户人家敞开肚皮吃一顿。我猜想在那个年头，这样的机会并不多。

不管怎么样，瘦瘦的大伯也长大成人了，太婆又一次熬过来了。太婆在风烛残年时，耗尽最后一口力气，为他娶了一个老婆。

（五）

我出生的时候，太婆已经很老了。

说不准她有多大年纪，七十多，还是八十多？总之就是看起来很老的样子。她身上的衣服很旧，还打着补丁，可是洗得干干净净的。

太婆在农村算得上是个有洁癖的人。湖南的冬天十分阴冷，可再冷她也要坚持每天洗澡，隔天洗头，床上用品半个月浆洗一次，就连垫在床上的稻草都要每个月更换。

由于年轻时做过太多重活，太婆的背在晚年时弯得就如一张弓。天气好的日子，她就佝偻着腰，抱着被罩、枕套、衣服等物品到院子里浆洗，一件又一件，直到院子里晒不下为止。

我大娘看见了，撇了撇嘴挺不耐烦地说："她也太爱干净了。"

我一两岁时，太婆还是个干净体面的老人家，独自住在一间小小的房子里，自己烧饭自己吃。我记得她抱过我，有一次还把我架在她的脖子上，年幼的我还在她头上撒了尿。我去她的小房子里玩，她会给我倒一点热热的米汤，偶尔还会在里面放点糖。当然，她有时还会笑眯眯地摸出一粒糖送给我。小房子没有窗，只在墙上抽掉了两块土砖充当通风口，所以即便白天走进去也是黑漆漆的。

小时候的我只要一淘气，妈妈就吓我说："再不听话，我就把你关到小黑屋里！"

我却毫不理会她的恐吓，反而笑嘻嘻地说："我自己去吧，我想喝太婆给的甜滋滋的米汤了。"

我们家和大伯家住的房子都是太婆请人砌的土砖房，房子宽敞明亮，不像太婆住的房子那般狭小阴暗。

如今想来让年迈的太婆在那样的环境里生活实在不妥，可是当年没人这样想，因为当时村里大部分人家都是这样，甚至那时还流传着这样一首民谣：

新嫁娘，睡新房；

旧嫁娘，睡旧房；

爷爷奶奶睡楼上，

噼里啪啦掉下来。

一直到死，太婆都住在那间长年没有阳光照进来的小房子里。她一辈子要强，可是在生命的最后几年里终于熬不下去了。

年迈的太婆有一次做饭时忘了熄火险些酿成火灾，从那以后爸爸和大伯等人禁止了她自己做饭，于是太婆只得和我们一起吃。一辈子要强的太婆忽然变得生活不能自理，她的心里想必很难过吧。

那时我们家和大伯家早已分家，太婆跟我们家吃一个月，再跟大伯家吃一个月。奶奶总觉得太婆过于宠爱大伯，于是从不给太婆摆出好脸色。不过，我的父母对太婆十分孝顺，做饭也会迁就太婆的口味，太婆在我家吃饭的一个月还算顺心。可是，大伯娶了个“母老虎”，那个“母老虎”整天辱骂太婆，甚至称呼她

“老不死的”。太婆每次在大伯家吃饭都会战战兢兢，生怕一不小心惹到大娘。

妈妈很清楚大娘的为人，也明白太婆的处境，当太婆跟着大娘家吃饭时，妈妈偶尔会炖排骨、熬鸡汤，然后把这些东西分为三份，一份给奶奶，一份给我，另一份让我偷偷端给太婆。太婆收到后，一定会想方设法送点东西给我的妈妈，有时是一捆柴火，有时是新摘的茶叶。年老体衰的太婆始终坚持做个尊严体面的人，不愿白白接受别人的馈赠，也不愿给后辈添麻烦。

可是，随着时间的流逝，太婆最后一丝尊严也被无情地剥夺了。

年迈的太婆变得越来越糊涂，吃饭时一个劲地吃，睡觉时一个劲地睡，有一天上完厕所居然忘了穿好裤子……她的头脑已经不再清楚，常常冲着我爸叫“大贵”，有时也会叫“七哥”。

我的妈妈和大娘轮流看着她，生怕一不留神她就会赤身裸体地跑出去，大娘偶尔会向人抱怨：“她怎么还不死呢？”

清醒的时候，太婆自己也会喃喃道：“我怎么还不死呢！”

太婆在生命的最后一两个月瘫痪在床，甚至一度大小便失禁。

那间曾经散发着香甜米汤味的小房子，变得臭气熏天。一辈子干干净净的太婆，躺在一堆臭烘烘的被子里。妈妈和大娘也会定时给她清洗，可是大小便失禁的太婆很快就又弄得屋内臭烘烘的。

我趁大人们不注意的时候去小房子里看过太婆。她躺在床上，脸上由于浮肿而微微发亮，她见我来了，忽然唤我的小名：“呀，是毛宝啊！”在我们那儿，男孩小名都叫毛头，女孩小名都叫毛宝。

太婆在床上摸索了很久，想找一颗糖给我，可惜没有找到，她只好对着我抱歉地笑了笑。

太婆虚弱地躺在床上冲我露出的这抹带着歉意的笑容，一下子刻在了我的脑子里。如今一想起太婆，我的脑中首先浮现的就是这个画面。

从小黑屋回去后，我生了一场大病，出麻疹出得特别厉害，全身都是红色的点点，连续几天高烧不断。村里人都说，没见过出麻疹出成这个样子的，太婆的命太硬了，克死了丈夫，克死了两个儿子，现在又来克重孙女了。

我烧得迷迷糊糊的，恍惚中听见妈妈急得大哭。

我病好的时候，世界上已经没有太婆了。

太婆临死之前，奶奶和妈妈给她洗了一个澡，洗完澡的水黑乎乎的。

洗完澡后，太婆似乎清醒了一些，还问起了我的病情。妈妈告诉她，我已经好了，她说那就放心了。

奶奶和妈妈给她穿衣服，衣服还没穿完，太婆的身体已一点点变得僵硬。

据说她死前完全清醒了，还留了一句遗言。关于太婆死前最后一句话到底说了什么，奶奶和妈妈的说法完全不同。

奶奶说太婆的最后一句话是“劳驾你们了啊”，而妈妈则说，太婆盯着门口说“七哥来接我了”。

我总觉得奶奶的说法更靠谱一点，毕竟太婆是一个不愿麻烦他人的老人，哪怕这个“他人”是她为之耗尽一生心力的家人。

（六）

太婆的丧事办得很隆重。

大家都说，太婆活了这么大岁数才去世是喜丧，应该好好地办一下。

家里杀了两头猪，买了一头牛，流水席吃了三天三夜，隔壁村的闻讯都过来吊唁了。姑姑们合伙叫了几套锣鼓，大姑还单独出钱叫了一套。

鞭炮放个不停，锣鼓敲个不断，大人们打麻将的打麻将，玩扑克的玩扑克，灵堂里一片喧哗。太婆的黑白照片就挂在灵堂中央，还没有老年痴呆的脸上挂着淡淡的笑容，宽容地看着她的孝子贤孙们。

大伯、爸爸还有叔叔们站在灵堂门口，见有人来了就下跪迎接，来的人一把搀起他们说：“七太婆活了这么大岁数，别伤心了。”

我觉得他们并没伤心，哭灵时都是干号，眼睛都没红。

六岁的我和七岁的堂哥是年纪最小的孩子，我们披麻戴孝地待在灵堂里，大人们忙得团团转，没空理我们。我们两个便钻到灵堂的桌子底下，拿着两片蚌壳学着锣鼓队的人那样敲打，每敲打一次还模仿哭灵的人喊：“我的个太婆，你怎么死得这么早哇！”

村子里常常有丧事，我们听多了自然模仿得惟妙惟肖，堂哥装成很伤心的样子喊：“我的太婆啊，你怎么抛下我走了哇？”

我跟着喊：“我的太婆啊，你没有享过一天福哇！”

堂哥喊：“太婆啊，你走了我们可怎么办啊？”

我也喊：“我的太婆啊，你走了谁给我糖吃啊！”

灵堂里的人被我这句话逗得哄然大笑。

我本想随着众人一起笑，可是想到太婆再也不会给我糖吃了，我忽然从心底涌上一阵悲伤，接着眼泪便簌簌地落了下来。

（七）

太婆死了十几年之后，村子里来了一些老人，我们叫他们“台湾佬”。

他们都是当年被抓走的壮丁在台湾生下的子孙，他们带着先辈的遗愿到村子里来寻根。然而，村子里的人早已不记得当年被抓走的那批人，等了他们一辈子的父母、兄弟、子女也已经不在。

听一个“台湾佬”说，当时去台湾时船太挤，长官决定放一些壮丁回来。长官考虑到太公的老婆怀有身孕，决定放他回去，可是他拒绝了长官的好意，他说：“我不回去了，把机会给别人吧！我姐姐（他妈妈）不喜欢我，七嫂（我太婆）也不喜欢我。”

他就这样义无反顾地跳上了去台湾的那艘船，再也没有回来过。漫长的岁月里，他甚至连一封信都没有寄回。他断送了太婆一生的幸福，也断绝了我们有个台湾太公衣锦还乡的幻想。

他口中不喜欢他的妻子，痴痴地等了他一辈子，再苦再难也没想过改嫁，反而勇敢地挑起了抚养后代的重任。她真的不喜欢太公吗？

我怎么记得，小时候我读《宝岛台湾》的课文时一向对此不感兴趣的太婆忽然凑了过来，亮着眼睛问我："台湾远不远啊？"

"当然远啦，要坐很久的船呢！"

"台湾有什么好的啊？"

"老师说，台湾是宝岛，有阿里山。"

"还有呢？"

"还有日月潭啊。"

"还有呢？"

"没有了。"

太婆，我知道，台湾还有你惦记了一辈子的七哥。

我不想让你那么孤单

妈妈被骗了。

骗子的伎俩并不高明。只不过是利用了我妈作为一个异乡人的胆怯，就轻易地骗走了她的手机和三百元钱。

被骗后的妈妈表情木木的，眼睛不敢直视我，像做错了事的孩子。我小时候不小心打破了家里的碗，就是这种表情。

看她怯怯的眼神，我不忍埋怨，只得安慰她说："没事儿，我努力工作一天就挣回来了，周末咱们去挑个新手机！"看她神色稍有缓解，我便转身去上班，还没等我出门，便听到身后传来一阵压抑的哭泣声。

我简直不敢相信自己的耳朵，记忆中妈妈一直是个性格坚强的女子，和爸爸吵得天翻地覆时也不曾流过泪，她现在居然因为这点小事哭了！我僵在那里，不知该如何是好，这个伤心哭泣的女人是我的妈妈，我饿了渴了，向她撒娇；气了苦了，向她抱怨；喜了乐了，与她分享。她就是我的靠山，可此刻她如此伤心，我却不知道如何安慰她。

我的妈妈是家中的长女，她一手带大了几个弟妹，嫁给我那贫穷的爸爸后，硬是帮着爸爸把家庭条件从贫困线以下拽到了富裕边缘。她在我们村是出了名的女强人，不仅陪爸爸早出晚归经营小生意，还数年来一直担任大队会计，任职期间从未出过纰漏。可如此要强的妈妈刚来异乡，便被人轻易地骗了，我可以想见她的羞耻和不甘。

下班回家时我发现妈妈的眼睛是红肿的，我不清楚她究竟背着我哭了多久，顾虑到妈妈的自尊，我决定装成没看见。

夜晚我们睡在一张床上，她翻来覆去怎么也睡不着，将床压得吱吱作响。我明白，妈妈一定是感到不安，觉得自己给我“添麻烦”了。

我一个人漂泊在外，妈妈十分担心，特意赶过来照顾我。她过来后把我租住的小屋整理得一尘不染，还每天学着广东主妇给我煲汤，只为让我在他乡也有家的感觉。可惜好景不长她便被骗走了手机和钱，这让她产生了浓浓的挫败感，也让她对自己的能力产生了深深的怀疑，她肯定觉得自己给我“添麻烦”了。

这是我第二次看见妈妈伤心落泪。

外公去世的时候，我曾看见她伏在棺材上号啕大哭。安葬好外公后，她向我说起了外公的一些琐事，比如，外公喜欢她送的那件棉衣，外公一直收藏着我小时候玩过的玩具，外公像小孩子一样喜欢吃巧克力……最后，妈妈红着眼眶说："眼看着大家都要过上好日子了，为什么你外公却享不了这个福呢？"

外公刚去世的时候，妈妈接连好几晚不肯入睡，躲在房中呆呆地望着外公的遗照。累极了的时候才会沉沉睡去，可是睡梦中的眉头也舒展不开，明明四五十岁的人了，那无助的睡颜却像一个孩子。

从那时起我才意识到，原来我眼中一贯强悍的妈妈也有无助的时候。

这次异乡被骗的经历，让妈妈重温了那种无助的感觉，所以她才会在深夜辗转反侧吧。

福无双至，祸不单行。

第二天，我租的房子停电了。

房东说电费已缴，我拿了根筷子在电闸那里乱戳一阵，家里还是一片黑暗。我无力地倒在了床上。

妈妈见状叫来了物业，物业又找来了电力工人，经过一番折腾总算把电路修好了。电力工人说问题不大，只是线路出了点小问题。

电灯亮了，妈妈又默默地回厨房为我准备晚餐了。

我站在门口看着她忙碌的身影，鼻子一阵泛酸。我忽然有千言万语想对她说，可是最终只是抱歉地叫了一声“妈”。

我可以想象，不会说普通话的她费了多少口舌，才请来了来保安。而已经成年本应为她撑起一片天的我，却只会倒在床上哼哼。

饭菜的香味在房间里飘荡。

妈妈的背影在灯下居然有了几分佝偻。我明白，妈妈在一天天老去，总有一天她会像孩子一般需要别人照顾。想到这里，我的眼泪一下子掉了下来。

从那天开始我决定好好珍惜与妈妈相处的时间，学着去疼她、爱她，像她照顾小时候的我那样照顾她。

尽管我的工作依然很忙，我还是抽时间陪妈妈去买菜，我们一起在菜市场仔细挑选做饭的食材，为了几毛钱和菜贩讨价还价。我每次都想买一堆蔬菜回去，可是妈妈说吃新鲜的蔬菜比较好，其实我明白她贪恋与我一起买菜的时光。

每个到异乡陪伴儿女的家长或许都像我的妈妈一样孤单吧，一台小小的彩色电视机是妈妈唯一的伙伴，闲得发慌时她居然为我织起了毛衣。她变着花样给我准备一日三餐，尽管听不懂本地电视台的语言，她硬是从电视上学会了近三十种汤水的做法。

由于住得和单位近，我三餐都在家里吃。每次刚走近租住的小屋，妈妈就已打开房门站在门口迎接我。她笑着说我走路的脚步声太重，上楼就像小老虎上山一般，光听脚步声就知道是我回来了。

为了让她开心，我吃饭也像小老虎一般，喝完汤还会伸出舌头舔一舔嘴角。她责怪我没个女孩样，可是笑容却分明是欢喜的。

我的住处紧邻兴中园，一到傍晚那里便格外热闹，大爷大妈会随着音乐翩翩起舞。我怂恿妈妈也去跳，她却站在一旁羞怯地笑，那样子就像我小时候第一次跟她去省城不安地拉扯衣角。

拉不动她，我只好亲自加入跳舞大军，妈妈看着我扭腰踢腿不禁露出骄傲又宠溺的眼神。在家里她倒会缠着让我教她跳舞，可一到人多的地方，她就不敢上场了。她说，光是看看，也蛮开心的了。

兴中园跳舞的老人也有不少外地人，一天妈妈和一个河南的大妈一见如故，两人站在树下聊了好久。

聊天结束后，妈妈还意犹未尽地跟我说自己的普通话太差，妨碍了交流，回头得补补拼音，这样才能在城里找到朋友。翌日晚上，妈妈等了好久，那个河南的大妈都没来，后来也没再遇见，妈妈一直为没有留下对方的电话号码而遗憾。

妈妈语言不便，环境不熟，在繁华的都市里只能和我聊上两句，可是我不能每天陪在她身边，因为我还得应付繁重的工作。异乡的生活是如此不易，我们母女俩就像繁华都市里的两只小蚂蚁，紧紧靠在一起才会略微感到温暖和安心。

妈妈的陪伴很大程度上缓解了我的孤单，我以为只要我多抽出时间陪她，她就不会孤单。直到那天听见她和爸爸通电话，我才明白自己错了。

妈妈细细地向爸爸询问家里的情况：葡萄成熟了吗？今年邻居家可有种玉米？家门口的池子换了几次水？村子里那个没妈的孩子考上大学了吗？

我这才知道，妈妈的心始终牵挂着家乡，她只有在那里才会觉得日子充实，因为那里的每一个邻居都让她感到亲切，每一件琐事她处理起来都游刃有余。只有在那里，她才可以找回自信、快乐和强悍的模样。

我左思右想决定送她回家，于是偷偷为她买好火车票，并在送她离开的前几天陪她逛了商场，去了孙中山故居，拉她跳了几次舞，还给她买了大包小包的衣物和零食。

上车前，妈妈突然红着眼问我：“是不是我做得不好，所以你才要送我回去？”

我忍住眼泪拼命摇头，递给她一个手机。

她惊喜地接过：“哟，这和我以前用的那个一模一样。”

我说：“这就是你的，我托公安局的朋友抓住了那个骗子给你找回来了。”

她如释重负地笑了。

如果她细看这个手机就会发现我说谎了，我哪有那么大的本事找回她被骗的手机！不过，我相信她不会揭穿这个谎言，因为她只想成为值得我依赖的靠山。手机失而复得，证明她仍是我强悍的妈妈，我不变的靠山。

火车就要开动了，她嘱咐我在外一切当心，还说撑不住就打电话叫她过来，过两年我成家后她就过来帮我带小孩。

火车开动了，她微笑的脸越来越模糊，我向前奔跑着大声喊：“妈妈，保重！”

火车轰隆隆的声音掩盖了我的喊声，这样很好，妈妈不习惯我这样直白地向她倾吐感情。

我只是不想让你那么孤单，我知道你也是。

归去来兮

大年初一我们家宾客盈门，亲朋好友坐了几桌，打牌的打牌，说笑的说笑，一屋子的热闹喜庆。我正站在麻将桌边观摩，叔叔悄悄拉了拉我的衣袖说："喏，你还记得那个人不？"

循着他的目光望去，我看见外面的台阶上坐着一个人，浓密微卷的头发，白皙的皮肤，非常有书卷气，手指间夹着根香烟，显得淡然而寂静。也许是因为屋里太过热闹，这淡然而寂静的场景看起来居然有点触目惊心。

"这是我们家媚媚，慧君你还有印象吗？"叔叔将我拉到他的面前，他眯着眼打量了我一会儿，脸上那种淡然的神情迅速转换为一个亲切的笑容："原来是媚媚啊，现在都这么大了。我记得上次见你时，还只有这么高。"他站起来，伸出手在腰间比划了一下。微笑着的他高大挺拔，和一旁早已发福的叔叔形成了鲜明对比，要不是知道他的真实年龄，我真不敢相信他们是同龄人。

我还在发愣，叔叔在背后推了我一把：“不认识了吗，快叫人啊。”我上前一步，腼腆地说：“慧哥哥，好久不见，你还好吗？”“还好还好。”他低下头看着我露出温和的微笑，长大后的我仍然和他的身高差很多——刚刚到他胸口。这么多年过去了，很多事情都变了，唯一不变的是，他仍然是本家族乃至本村身高最高的人。

慧哥哥不仅是本村身高最高的人，更曾是村里的骄傲。他是我大姨奶奶的孙子，年龄却和我叔叔差不多。大姨奶奶青年丧夫，中年丧子，对膝下的孙子十分疼爱，而聪明伶俐的慧哥哥最得大姨奶奶欢心。慧哥哥十分争气，中专毕业后顺利地进入了政府部门。

进入政府部门工作，对寒门学子来说已经十分满意了。按部就班地过下去，没准能熬成乡长呢。大姨奶奶对大孙子的现状很满意，张罗着要给他娶亲，还没等她行动，已经有人主动抛出了红绣球——乡长的女儿看中了他。

可是，这么好的亲事，慧哥哥居然以“家里太穷怕委屈了姑娘”为由拒绝了。这当然是借口，其实慧哥哥是不想一辈子困在这个小城镇，他一直向往远方更广阔的天地。

去北京发展是慧哥哥从小就树立的梦想，他觉得北京是首都，是祖国的心脏，是最靠近梦想的地方。

为了实现去北京发展的梦想，慧哥哥在完成本职工作之余一有时间就学习，最终他如愿考上了中国人民大学的研究生。

消息传来，举村沸腾！我们村叫光冲，光听名字就知道是个穷得一塌糊涂的小山村。村里条件不好，村民们也不重视教育，在此之前这个村子从没出过大学生，没想到如今居然出了个京城的“状元”！慧哥哥考上研究生，村民们顿时感到扬眉吐气，光冲也从闭塞山村变为了人杰地灵的代名词。说来也怪，慧哥哥考上研究生之后，我们村接连出了许多大学生和研究生。我上学的时候，老师一听我是光冲人，就把我定为“考上名牌大学的种子选手”，理由是：光冲专出状元！

那时候还没有“凤凰男”这一说法，但在村民眼中，慧哥哥不啻为一只从山沟里飞出的金凤凰。研究生毕业后，慧哥哥被分配到国务院下属的一个单位任职，用我叔叔的话来说，慧哥哥算是一个京官。

儿时的我不懂这些，只知道慧哥哥每次回家都会给我们带回甜甜的糖果，于是只要一听说慧哥哥回家了，我们就会往他家跑。大姨奶奶看到我们，就会笑着拿出高级糖果招待我们，因为我们是亲戚，大姨奶奶总会多给我一些。

虽说是亲戚，可我和慧哥哥接触的机会并不多，因为他每次回家都很忙。记得有一次，爸爸请他来教我朗诵，我磕磕巴巴地读了一小段课文，得到了他的鼓励：“媚媚普通话挺不错的，就是没后鼻音，以后可以报考北京的广播学院啊。”我一激动差点把这当成平生志向。

慧哥哥每次回村都会引起村民的慨叹：他越来越白净了，他的衣服真好看，他一点都不像农村人了，他说话的口音真好听，居然有小汽车把他送到了村支部……那时候还没有“范儿”这个词，现在想来，慧哥哥当时在村民眼中特别有“京官范儿”。任何事物一旦和京城沾边，在村民眼中就意味着时髦、富裕和新鲜。

原本在苦水里泡大的慧哥哥，如今却看不到一丝贫苦的痕迹。他看上去和我在电视里看到的那些城里人完全没有区别，甚至比那些人长得还要高大英俊。不过，慧哥哥似乎对此并不满足，为了尽快融入新生活，他给自己取了一个新名字——禹雷。不过，村民们依然叫他“慧君”，我也依旧叫他“慧哥哥”。

慧哥哥很爱唱歌，我有一次看见他双手插在风衣口袋里，悠闲地在田间小路上深情地唱：“归来哟，归来吧！浪迹天涯的游子。”小小的我听在耳里，感到很诧异，哪有人一个劲地呼喊着要“鬼来哟，鬼来吧”！虽然那时很怕鬼，我却觉得那旋律很动听。

后来，他回家时带回一个城里的姑娘，那姑娘和他一样，也长得高高瘦瘦的，有着白白净净的脸庞。他牵着姑娘在乡间小路上散步，在路上碰到熟人就大方地介绍：“这是我女朋友！”

那个乡长的女儿一直盼着他回心转意迎娶自己，如今看到他带回女朋友，立马死心了，据说她回家后大哭了一场，不久就嫁人了。我大姨奶奶对慧哥哥的这个女朋友并不是特别满意，她还是喜欢乡长的女儿，因为她觉得慧哥哥的女朋友太瘦了，不如乡长的女儿看起来有福气。

大姨奶奶守寡多年，儿媳妇是个不太中用的人，慧哥哥是她一手带大的，如今看到慧哥哥带回女朋友，她虽然对女孩不太满意但依然很开心。她本想看着慧哥哥娶妻生子，却天不遂人愿，不久就身染重病。瘦成皮包骨的大姨奶奶躺在床上还念叨着尚在京城的慧哥哥，可等慧哥哥风尘仆仆地赶回时，大姨奶奶已经去世了。慧哥哥跪在奶奶的遗像前，哭成了一个泪人。

大姨奶奶出殡的时候，四里八乡认识的不认识的人都来了，送殡的队伍从后山一直蜿蜒到村口，那壮观的场面至今仍被人们讲述。他们都说，云奶奶（我大姨奶奶）死的正是时候，要是多活几年看到慧君落魄的样子，不知道会多伤心呢。

大姨奶奶去世那会儿，正赶上慧哥哥风光的时候。那时他每次回老家，都会先去一趟乡政府，处理好公务后才会回来。慧哥哥虽然改了名字，但是他并没有忘本，为了方便村民出行，他自掏腰包为村里修了一条马路。

少年得志的慧哥哥，不仅把自己的妈妈、弟弟和弟媳接到了北京生活，还曾邀请我们一家在北京游玩了一圈。那是我第一次到北京，慧哥哥带着我们吃自助餐、逛商场、去故宫、看升旗……

从北京回来后，我爸语重心长地对我说："媚媚啊，以后好好读书，像慧哥哥一样留在北京吧。"可惜，长大后的我并没有留在北京，反而来到了南方。

风光背后，也有外人不知的艰难。慧哥哥虽然是京官，但收入并不高，他那点工资要养活一大家子人并不容易，于是萌发了下海的念头。

慧哥哥辞职后到联想集团做了高管。谁也没料到，从那以后，他的人生就此一路下坠。

"京官做得好好的，要去企业做高管，高管做得好好的，又出来自己单干。"想起慧哥哥当年的行为，叔叔至今还在背后责备。

慧哥哥在联想集团没干多久，自认为摸清了IT界的门路，就壮着胆子和人合伙在中关村开了家公司。一开始他的生意确实做得风生水起，很快就在北京买了房子，还常常在《人民日报》打广告。

因为慧哥哥的缘故，从不订报纸的父母订了份《人民日报》，就为了偶尔看看慧哥哥公司的大名在报纸上出现。我爸总是抚摸着报纸对我说："看看你慧哥哥多有出息，你向他学着点儿。"

这是我爸最后一次拿慧哥哥当成我的励志偶像，后来传来的他的消息，一条比一条坏。听说那个合伙人和他闹翻了，一怒之下带走公司的几个骨干另立门户了。听说他的生意支撑不下去了，连手头仅剩的一套住房都抵押了，但还是回天乏术。人就是这样，往上爬时特别费力，但跌下来特别容易，而跌下来再爬上去的话，那可能得花费比之前多好几倍的力气。

2005年叔叔到北京出差，那时的慧哥哥在中关村租了间小小的办公室，雇了几个员工又重新创业了。晚上，他就在办公室的沙发上休息。叔叔劝他，不如去求求你昔日的同僚，让他们帮帮你。慧哥哥没有说话，我猜想，他这种性格，未必会去求别人。

这时的叔叔已调到县里工作，并在县城买了宽敞明亮的房子，还买了一辆轿车代步，两个女儿也已考上了大学，日子正朝着好的方向发展。

慧哥哥却落魄了，女友在他创业失败后就向他提出了分手，一直苦苦挣扎的他始终没有东山再起。少年得志的慧哥哥到了中年日子居然过得一团糟。时也，命也？叔叔叹着气总结说：“都说性格决定命运，慧君这人心气太高，难怪如今过成这样！”

漂泊他乡的日子里，不知道慧哥哥是否还会想起故乡的小山村，是否还会在心里默念“归去来兮”？

陶渊明的那个时代早已过去，如今不单是田园已芜，就连素来敬仰他的村人，对他的态度也渐渐转为怜悯。是的，他们虽然不像他那样才高八斗见多识广，但他们如今都有其乐融融的小家庭，而他却漂泊在外居无定所！

但我深知，慧哥哥并不需要旁人的怜悯，因为凤凰纵使落架了也是凤凰，凤凰的骨子里始终有凡鸟们所不具备的骄傲和高洁。年近五旬的慧哥哥坐在人群中，还是那样出挑，我相信他还会像年少时那样一飞冲天。

慧哥哥吃完饭坐了一会儿就起身告辞了。风吹起他的衣袂，这么多年过去了，他的背影仍然那样挺拔。我仿佛看见了多年前的那个男子，穿着风衣，披着围巾，漫步在田间水边，深情地唱着那首歌：

天边飘过故乡的云

它不停地向我召唤

当身边的微风轻轻吹起

有个声音在对我呼唤
归来吧 归来哟
浪迹天涯的游子
归来吧 归来哟
别再四处漂泊
踏着沉重的脚步
归乡路是那么的漫长
当身边的微风轻轻吹起
吹来故乡泥土的芳香
归来吧 归来哟
浪迹天涯的游子
归来吧 归来哟
我已厌倦漂泊
我已是满怀疲惫
眼里是酸楚的泪
那故乡的风和故乡的云
为我抹去创痕
我曾经豪情万丈
归来却空空的行囊
那故乡的风和故乡的云

为我抚平创伤

那时候，他正青春我还小，唱的人和听的人都不明白这是一首多么令人伤痛的歌。

糖

我突然接到爸爸的电话，他说弟弟这几天在学校很不听话，如今居然发展到逃课的地步了。我感到很吃惊，还有十来天就要高考了，他怎么会做出这种举动！我埋怨爸爸太娇纵弟弟了，说完又觉得似乎有些不妥，于是随口安慰他不用太过担心，弟弟已经这么大了，会对自己做的事情负责。爸爸似乎想说些什么，他沉默了好一会儿，才叹了口气说：“如果他给你打电话，你就劝劝他吧。”

挂断电话，我想暑假回去一定要好好地教训他一顿，这么大的人了还不让父母省心。

夜里我辗转反侧，脑子里断断续续地浮现出弟弟的一些事情。一想到弟弟，我首先会想起他小时候的样子。我比弟弟大七岁，他有着比一般小孩还要白的皮肤，留着一头淡褐色的短发，褐色的眼睛大而天真。夏天他总穿着小褂子和短裤，露出圆滚滚的胳膊和腿，大人们总是喜欢捏他的脸颊，夸他长得像瓷娃娃。

弟弟的出生让我猝不及防。我从小就性格孤僻，极其讨厌和别的孩子一起玩。弟弟却不管这些，他刚学会走路就迈着小短腿紧紧地跟在我身后。我虽然对此感到不耐烦，但因为妈妈吩咐我照看他，也只能容忍这个小尾巴。记得有一次，我带着他去山里摘野果，有一段山路特别崎岖，我便让他站在一旁别动，自己去前方更密的山林里摘果子。果子又大又甜，摘着摘着我便忘了时间，当我意识到要回家时天已经快黑了，我在山里转了很久才找到弟弟。他靠在一块大石头上睡着了，脸上还残留着晶莹的泪滴，显然他曾惊慌失措地哭着找了我好久。月亮这时出来了，淡淡的月光照在他白皙的皮肤上，让他看起来那么圣洁而可爱。我看着弟弟安静的睡颜，第一次对他产生了怜爱之情。

我不忍心叫醒他，轻手轻脚地把他背起来。由于弟弟比较胖，我背他有几分吃力，平日里便极少背他，睡着了的弟弟比平时更添了几分重量，我背他走路实在是费力，可是即便这样，我还是咬牙坚持着把他背回了家。

天黑了我俩还迟迟不回家，妈妈焦急地围着村子呼唤了我们好久，此时见我把弟弟背回来，又看着我俩的衣服变得脏兮兮的，又惊又怕的妈妈忍不住拿起鸡毛掸子抽了我几下。弟弟被惊醒了，睁着一双红红的眼睛茫然地打量四周。劳累、委屈、疼痛，使我十分恼怒，我一下子对弟弟迁怒起来，猛地将他扔下，转身狠狠地给了他一个耳光。

弟弟惊呆了，他看了我好一会儿接着大哭起来。妈妈更气愤了，用鸡毛掸子又狠狠地抽了我好几下。我不反抗也不躲避，只是一直用仇恨的目光看着她和弟弟。我当时只有一个想法——妈妈有了弟弟就不爱我了。

晚上我赌气没有吃饭，早早地就睡下了。睡得迷迷糊糊的时候突然感觉有人在推我，睁眼一看，弟弟站在我的床前，大大的眼睛里满含泪水。我不耐烦地推他，呵斥着要他走。弟弟怯怯地问我："姐姐，你是不是很痛？"我哼了一声，翻了个身不再理他。他又往我身边凑了凑，把胖嘟嘟的手伸到我眼前，慢慢地张开手掌，说："姐姐，这个给你。"借着月光，我发现他手心里躺着一颗奶糖。那个时候的农村很少吃到糖果，更何况是这种特别珍贵的奶糖。我诧异地扭头看向弟弟，却发现弟弟的脸上还印着我的手掌印。"你痛吗？"我心疼又愧疚地问道。"我一点儿都不痛。姐姐，这颗糖很甜，你吃了它就不会痛了。"弟弟说完，把那颗糖塞到我手里就跑了。

此后只要一想起弟弟，我的眼前就浮现出他那双明亮而天真的大眼睛、圆滚滚的身材、胖嘟嘟的手掌以及那颗糖果。

一夜无眠，第二天一大早我便搭上了回家的车。赶到弟弟学校时已是傍晚了，我不知道他的教室和宿舍在哪里，只好茫然地在校园里转着圈。弟弟就要毕业了，我却一次都没来这里看过他。

最终，我在体育场发现了正在踢球的弟弟。空旷的足球场上只有他一个人，夕阳把他的身影拉得格外长。

我的到来让他很惊讶，他领着我到校外的一个小餐馆吃饭。我叫他点菜，他只点了两个——辣子鸡丁和孜然牛肉。菜很合我的口味，他却吃得很少。我给他夹菜，他却说太辣了吃不下。我这才知道，他不爱吃辣，这两个菜是给我点的。

弟弟清秀的面容有些苍白，褐色的眼睛也透着疲惫和忧郁。我边吃边问他在学校的情况，他向我倾诉了高考的压力、学业的繁重以及同学的冷漠。在他的诉说中，我看见了十七岁的自己，那个敏感而忧郁的少女。

我很想告诉弟弟，不要怕，尽管这个世界可能与你期待的不一样，但是我会一直陪着你，不让你感到孤单。我想为弟弟抚平眉心的郁结，多年前我曾承受的那些伤痛，曾流过的那些泪水，真的不愿让我的弟弟再经历一次。

可是我不知道怎样把这些话说出来，只能揉了揉弟弟的头又随意地安慰了一番。我走的时候，弟弟犹豫了一下，终于忍不住问道："姐姐，我是不是特别不招人喜欢？"我猛地摇头："当然不是，你……"可是，我还没说完，他已经走了。

我很想叫住他，告诉他，这个世界上不可能人人都喜欢你，但是你在我心中永远都是那个天使一般的小男孩。

可是我一句话也说不出来，只能眼睁睁地看着他消失在我的视野里。我长叹一口气，喃喃道："有些路只能自己走，有些伤痛也只能自己扛，我终究不能代替你去成长！"

回到家里，爸妈对我的到来很惊讶，也很欢喜。多少年来，我一直是他们心头隐隐的痛，他们害怕我伤心，害怕我颓废，害怕我放弃自己，害怕我为所欲为。我好不容易步入了生活的正轨，他们又开始为弟弟担忧。弟弟的转变是如此迅速，以至于他们有些措手不及。

夜里我睡在弟弟的小屋里面。这间小屋以前是我的房间，我曾经在墙上贴满了各种明星的画像。如今墙上依然张贴着明星画像，只是换了一批新面孔。不过，刘德华的画像依然牢牢地占据着最显眼的位置。年轻时的华仔曾是我少女时代的梦，我早已过了追星的年龄，弟弟却传承着我对他的喜爱。

抽屉里面放着弟弟的各式各样的东西。我随手打开一本相册，首先映入眼帘的是弟弟小时候的照片：胖乎乎的身子，圆圆的脸，大而稚气的眼睛。看着看着，我不禁嘴角上扬。相册里还放着一张我们姐弟与爸爸的合影，照片中的爸爸还很年轻，我皱着眉头牵着弟弟，露出一副倔强的表情，弟弟则笑得一脸灿烂，白皙的皮肤就如奶油一般。

接下来是弟弟读小学时的照片，这些照片大多数是集体照，有穿着运动服的，有脸上化着浓妆，穿着不大合身的演出服的。弟弟在小学阶段一直是老师和同学的宠儿，他喜欢参加各种体育和文艺活动。

由于弟弟上学早，年纪比一般同学小，个子也比较矮，学校排球队的老师不愿意收他为队员。他为了进排球队，每天默默地练习，手上的虎口处皮肉裂开了，里面深红色的肌肉清晰可见。老师被感动了，收了他做了替补队员。六年级的时候，弟弟已经是排球队的主力了。

小学时的弟弟还是一脸稚气，但是他的眼神已经不再一派天真，而是隐隐透着坚毅。

看到弟弟初中时的照片我有一点触动。那几年我正处于人生的低谷，完全忽略了他的存在。我的弟弟就在那时完成了从一个人见人爱的孩童到苍白忧郁的少年的过渡。他的下巴明显地尖了，头发留长了，不再微笑，嘴角抿得很紧，眼神飘忽而凌厉。这一时期的照片大都是单人照，即使站在人群中，他也显得那么桀骜不驯。

我记不清他那时候是否有过什么过激行为，因为这时候全家都把注意力集中在我的身上。现在我才知道，他蜕变的痛应该始于那个时期。

抽屉里面还散乱地放着几张生日贺卡和几封信。我由于羞愧没有去看里面的内容，身为姐姐的我从来记不清弟弟的生日，更别提给他准备生日礼物了。

记得那年我过生日，正读初中的弟弟兴冲冲地拿着一个手机链送给我，我却嫌那个手机链太丑随手放在了抽屉里。

当时的我看不到弟弟眼中的黯然，也听不到他送我东西时的兴奋，我沉浸在自己的孤单里不能自拔，而忽视了弟弟想帮我赶走孤独的举动。

如今想来，我经常忽视弟弟也极少照顾弟弟，反而是弟弟一直在照顾我：我很懒，爸妈不在家的时候总是弟弟为我煮面，为了迁就我的口味，他总在面里加大量的辣椒；我很自卑，弟弟却总是夸我是最漂亮的女孩子，还曾在作文中夸赞我；我不爱运动，弟弟为了我的健康，总是强拖着我去运动……他还曾说：“如果有一天我有钱了，我想带姐姐去旅游。我爱我的姐姐，她是我最喜欢的人，我愿意和她分享所有的好东西。”

“我愿意和她分享所有的好东西。”是的，他愿意把所有的好东西和我分享：美味的糖果、好听的音乐、精彩的电影和小说，他认为最别致的手机链。怕我痛，他把仅有的一颗糖给我，他说："糖很甜，姐姐，你吃了它就不会痛了。"他不愿意看到我痛，他只想让我快乐。在他小小的心里，我是他的姐姐，他全心全意地爱着我。

可是我拒绝了他的爱，拒绝了他带给我的爱和温暖。那颗糖很甜，却抚平不了我内心的伤痛。我忘记了他也会经历成长的蜕变之痛，他也会为此感到孤单，他在脆弱的时候也需要我的关爱。

躺在弟弟躺过的床上，看着墙上的明星画像，我很晚才睡着。这晚我梦见了弟弟，他还是三四岁的模样，一个人站在空旷的山上，哭得满面泪痕，他哭喊着："姐姐，你不管我了吗？我很乖，求你带我回家。"他天真的大眼睛是那样无助，我很想抹去他的泪痕，背着他飞快地跑回家。可是，我伸手却摸不到他，只能焦急又无力地看着他哭得肝肠寸断。

亲爱的弟弟，你知道吗？爸爸妈妈已经不再强悍，他们日渐衰弱，已没有那么大的力气为我们遮风挡雨了。我们必须熬过蜕变之痛变得强悍起来，这样风雨袭来时才能保护爸爸妈妈。

父母通常只能陪伴我们的前半生，不能陪伴我们的后半生；爱人通常会陪我们共度后半生，却极少有机会见证我们前半生的成长历程；只有兄弟姐妹可以见证彼此的成长历程，分享成长秘密，并携手闯过人生的各种苦难。我终于明白了什么是手足，手和足看似是两个不相干的独立个体，共同的血脉却将它们紧紧地联系在一起，无论隔多远都能感应彼此的疼痛和孤单。

弟弟，小时候你用一颗糖温暖了我，我愿意拿我的余生来把你好好疼爱。

老爸的人生哲学

我一直以为，老妈是我家的顶梁柱。老妈精明，老爸糊涂；老妈勤俭，老爸挥霍；老妈恩怨分明，老爸以德报怨；老妈眼光长远，老爸只争朝夕。每次老爸召集一众牌友在家打麻将时，老妈总是一边忙着张罗饭菜，一边恨铁不成钢地数落他，老爸总是露出满脸亲切的微笑，将一场场战火消弭于无形之中。

这样一个不走寻常路的爸爸，自然被老妈当成了现成的反面教材，打我记事起，她就在我耳边念叨，这个别学你爸，那个别听你爸。在这样的家教之下，我长至二十五岁，自认为没学到一点老爸的“坏样儿”，谁料有天老爸的一个好友见了我，频频夸我是青年俊杰，为人处世深得老禹的真传。老禹者，我亲爱的老爸也。

一听此言，我不禁大为震惊。为人子女最大的震惊，莫过于在对父亲或母亲的某些言行观念抵触了十几年甚至几十年后，突然发现自己身上早已深深地刻上了他（她）的烙印。

老爸对我的教育是润物细无声的，他从来不会将自己的人生观和价值观强加在我头上，也不会一本正经地指点我说：丫头啊，这个你该如何如何。当了三十年小学校长的老爸深知以身作则的教育原理。

我长得和我爸并不像，可谁见了都说我俩的笑容简直是一个模子里刻出来的。打小老爸就教我逢人必开口笑，小时候我跟他出去访客，见了人不知道怎么喊，我爸便露出如弥勒佛一样的憨笑，我也学着他的样子咧嘴笑，叔伯们见状都说这小姑娘真喜相。现在我的电脑屏幕上还是我和老爸的合影，老禹和小禹都笑得合不拢嘴，只是老禹是剑眉星目，神采飞扬，露一口能拍牙膏广告的整洁白牙；小禹却是贼眉鼠眼，露出一嘴酷似《食神》中莫文蔚的龅牙。

爱笑的老爸也爱哭，和老妈吵架后会暗自垂泪，思念不舍时也会任眼泪肆意流淌。记得我十五岁那年去师范学院就读，那是我第一次远离家人，老爸坐车送我到邵阳，我哭他也哭，哭得那叫一个涕泪纵横。每次有老乡来我所在的地方，老爸总忘不了让人给我捎一饭盒菜。他的厨艺特别好，可是平时难得下厨，我最爱吃他做的洋葱炒肉。很多年以后老妈跟我说，老爸总是一边切洋葱一边流眼泪，说是被洋葱味儿熏哭的，可谁都知道他是在惦记远在他乡的小女儿。

老爸是个糊涂虫，常常挂在嘴边的一句话就是“不要紧，管它呢”，承包养猪场赔了，是“管它呢”，欠了一笔债，还是“管它呢”，就连牵涉到自身利益的职称评定之类，一概是“管它呢”。

我十七岁那年参加工作，正是年轻气盛的年纪，对工作任务的分配和待遇等级的评定计较得不得了，生怕自己吃亏。有一次我在家里抱怨，有个人和我一起参加工作，干的活是最少的，出差的机会是最多的，拿的待遇是最丰厚的，而我任劳任怨得像老黄牛一样，却什么好处也没得到。

老爸一边默默地听着，一边拿着水壶认真地浇灌门前的那株石榴树，突然他抬头对我说：“石榴又快成熟了，这棵石榴树每到夏天就拼了命地结出这么多果实，好像也没得到什么好处啊。”我不服气地争辩：“作为一棵树最大的使命就是开花结果，重要的是石榴树自个儿成长了啊。”老爸笑眯眯地看着我，若有所思地说：“丫头啊，我看你也成长得挺快的嘛，就是太聪明了。”

我顶撞他说：“都像你一样糊涂就好了？”老爸仍旧笑眯眯地说：“我是糊涂，可我比那些聪明的人什么都不少啊。”的确如此，老爸的职称评得一点儿也不晚，该得到的什么也没少。

那个晚上，老爸特意写了幅字挂在我房里，上面是龙飞凤舞的四个字“难得糊涂”。后来他每逢有什么要提醒我的，就写个四字箴言相赠，再后来我南下工作，隔三岔五他便给我发个短信，什么“笑口常开”“平凡是福”“常思一二”等。每当想起这是不太会发短信的老爸一个一个字打出来的时候，这简单的四字箴言就会给我许多温暖。

我常说老爸是老庄后人，做什么事都慢半拍，从未有强烈的事业心，很少为人生做规划，每天只是饥来就食困来就眠。每次去县里开会，同行们都亲切地称他为“老校长”，老爸自从十八岁当小学校长以来便辗转于各个小学，临近退休仍是校长一职，资历真是够老的了。以前我常讽刺他不求上进，老爸总是笑笑说“校长也是领导啊”。

我是典型的孔子门生，时时信奉“天行健，君子以自强不息”，恨不得每一分钟都能发光发热。烦人的是，每次回家老爸都让我帮他侍弄那个小园子。

老爸不爱看书、不喜思考、看电视也能打呼噜，唯一的喜好就是种种花、养养鱼。为满足他的审美追求，我只得舍命陪君子。寒来暑往，小园子被我们爷俩整得像模像样，夏有葡萄秋有柑橘，枇杷板栗栽种其中，正中还有棵大石榴树。为了养鱼，老爸特意在园子里花费数千元砌成一水泥池子，放入锦鲤数十尾。

天气晴好时，老爸双手叉腰徘徊于池边，将军肚高高腆起，志得意满地问我："很美吧？"

在侍弄园子的过程中，我体会到工作并不是生活的全部，人需要一个放松的空间。后来，我常常坐在老爸的园子里，看几页宋词，听两首老歌，放缓生活节奏静静地享受一番生活。

南下工作的生活有时快得像陀螺急转，为和我保持亲密联系，一向不爱学习的老爸居然学会了上网。中秋那天，老爸在QQ上说要送我一份神秘的中秋礼物，点开他给我的网址一看，居然是他精心经营的博客！博客上附着数十张照片，全是家人在老爸的园子里所照，一张照片中老爸倚在红艳艳的石榴树上，笑开了花。还有一张葡萄架的特写尤其醒目，葡萄架下放着张小板凳，凳边贴个小纸条，上书"小禹的专座"。

我的眼泪一下子流了下来。老爸打出一行字："丫头，出门在外，悠着点儿，累了就到老爸的博客看看，就当在园子中休息了。中秋到了，炖只鸡吃过个好节。"

我收了眼泪，按照老爸的吩咐，买鸡切炖了吃。老爸早说过，太上忘情，我辈俗人自然不能做到不为情所动。开心的时候，不妨多笑，伤心的时候，不妨一哭，总压抑自己的感情是不好的。哭过笑过，日子还是得和和美美地过下去。

当我把相恋多年的男友领进家门时，老妈第一次见面就相中了他。我悄悄地问她为什么，老妈笑着说："这不就是你老爸年轻时的样儿吗？开朗，温和，会心疼人。把你交给这样的人，我们就放心了。"一向热情待客的老爸却只顾侍弄他的园子，正眼也没瞧过我男友。我知道，把养了二十几年的女儿嫁给别人，他心里一定是酸溜溜的。可是，后来只要听说我和男友吵架，他就会不分青红皂白地训斥我："丫头，怎么又欺负人了？"我生气不理他，他又加一句："你可是一直这么欺负你老爸来着。"一句话说得我心头暖暖的、酸酸的，男友却暗自为有个站在统一战线的老丈人而得意。

都说父亲是女儿工作方向的指引者，可我从读师范、工作、考研、再工作，一直都是自己搞定，老爸很少告诉我前方的路该怎么走。他只是将自己的生活智慧撮其华，去其糙，泡成一杯浓浓的茶，宠溺地哄着我喝下去，等到我已习惯了这一口时才发现，我的血液中流淌的是他的人生密码。

原来所谓的血脉相承，并不仅仅指血缘关系，更是指在相处之中将自己的那些人生智慧融入下一代的生命之中。我的生命正是由于有了老爸的印记，才更加丰盛、深邃而宽广。

愿永远承欢膝下

午睡的时候突然梦见了奶奶，她抱着我站在粉墙青瓦的老房子面前晒太阳。在梦里我还是一个小小的孩童，奶奶还是那个年轻力壮的妇人形象。

醒来后很怅惘，于是给家里打电话想询问一下奶奶的情况。可是，电话通了一直无人接听，我只好无奈地挂断。其实，我打电话的时候有些忐忑，因为我不知道如果奶奶接通这个电话，我该和她聊些什么，毕竟这些年我极少拨打家里的座机。我想家了会给老妈打电话，偶尔也会给老爸发短信，但极少打家里的座机和奶奶聊天，可能真的是随着我的成长我与奶奶渐渐地产生了隔阂，我很少想起奶奶，就算偶尔与她通话，也说不了几句便匆匆挂断。

我一直不愿把奶奶看成一个老人，她在我心中的形象一直停留在那个年轻力壮的阶段。奶奶十六岁就嫁给了爷爷，婚后接连生了六个孩子，三子三女，不幸的是小儿子夭折了。奶奶三十多岁的时候就守了寡，那时我最小的姑姑还只有两岁。我不知道丧夫和丧子的双重打击奶奶是怎么熬过来的，只知道奶奶的脸上极少露出由衷的微笑，不过她并不是每天都板着脸，而是一直默默地替子女们操持着家务，一心一意地过好每一天。

奶奶最疼爱的孩子是小姑，觉得最对不起的孩子也是小姑。小姑不仅长相甜美，为人也很和气，最重要的是她对奶奶很孝顺。小姑年轻的时候追求者众多，她相中了同村的一个小伙子，两人本想携手一生，可是遭到了奶奶的拒绝。奶奶中意另一个小伙子，那个小伙子手脚勤快，更重要的是他的父亲还是当时的乡党委书记。奶奶苦口婆心地劝小姑改变心意，孝顺的小姑拗不过奶奶只好同意了这门婚事。奶奶没想到的是，对方的父母并不是很乐意这门婚事，他们嫌弃我家穷，嫌弃小姑早早地没了父亲，连婚礼都懒得为这对新人操持。木已成舟，奶奶只好尽其所能地为小姑置办了彩礼。奶奶怕小姑婚后受人欺负，便常常带我到姑姑家去玩，后来奶奶发现对方在接待她和大儿子的岳母时，一冷一热态度极其分明，奶奶隐忍着回了家，什么也没向家人提起，只是再也不去姑姑家了，想姑姑了便叫她回来看看。

奶奶最放不下的孩子是小叔。小叔是我们家里的另类人物，爸爸和姑姑等人都生得仪表堂堂，只有小叔长得特别瘦小，不到一米六的身高配上那不足九十斤的体重，仿佛一阵风就能把他吹倒。小叔虽然长得其貌不扬，但是天资聪颖，据说他有过目不忘的本事，读书时总是在班里名列前茅。可惜他从小个性顽劣，早早就离开校园，每天跟一帮不良少年鬼混，白白浪费了好头脑。成年后的小叔好逸恶劳，从来不会踏踏实实做事，总是做着发财梦，年近四十依然经济不能独立。几个兄弟姐妹也曾帮衬过他，可是他稍有点钱就挥霍，从不肯找个稳定的工作，渐渐地大家便不再管他了。亲手把小叔拉扯大的奶奶不能看着他不管，于是年近七十的奶奶又在家里搞起了种植业，她在每一块地上都种满了经济作物，每日早出晚归地照看着，爸爸妈妈有自己的工作要忙，年幼的我也帮不了奶奶，每当想起这些事，我就格外心疼奶奶。我们都劝奶奶不要做了，但是她还是固执地操劳着，我知道，她只是想趁自己还能动的时候多给小叔攒一些钱。

小时候我觉得奶奶最疼我，长大一些觉得她似乎更疼爱我的弟弟。究其原因，我觉得不能怪奶奶重男轻女，而应怪我自己脾气不好。如今我的脾气上来偶尔还会口不择言，大家可以据此想象小时候的我脾气能有多差。小时候我很凶，有一次和奶奶吵架气得她摔了一跤，整张脸都肿了起来，我看后十分自责，吃饭时一边吃一边哭，眼泪都滴到了碗里。我发誓再也不惹奶奶生气了，可是脾气来了又控制不住，总是忍不住对奶奶摆脸色。可是，不管我怎么冲奶奶发脾气，奶奶都不和我计较，有了零食还是把它们一分为二地拿给我和弟弟。

转眼间奶奶已经七十多岁了，可是由于她勤劳能干，没有人把她当成一个需要别人照顾的老人。小姑曾戏言，几个子女都想要奶奶陪自己一起生活，因为奶奶会把家里打理得井井有条，把请保姆的钱都省了！虽是戏言，却也是事实，我和弟弟就特别喜欢和奶奶一起生活，有奶奶在家，我们的家里总是一尘不染，并且想吃什么只要告诉奶奶，她就会笑眯眯地为我们做。

不可否认，奶奶已经老了，她多陪我们一年，就是上天多厚爱我们一年。我想等自己忙过这一段就把奶奶接过来，带她在城里到处转转，逛一下大商场，去高档一些的饭店吃顿饭，去几个适合老年人的旅游景点游玩一番。虽然她常常说在家就挺好，但我知道她一直很想见见世面，这样和同村的老人闲聊时，她就可以说“我孙女带我出去玩了，吃的住的都贵死了”。这样说的时候她心里一定非常幸福吧，就像她常常带着笑容对我说，年轻的时候爷爷带她到邵阳去玩，两个人走路去的，一路走一路说笑，看到了著名的冬瓜桥……

我希望奶奶一定要健康长寿，因为我还想带她去欣赏这个世上美丽的风景。我希望有一天，她能够抱着我的孩子无奈地对我说：“看看这个犟劲儿，就像你小时候一样。”小宝贝撒娇要太奶奶给她讲故事时，她会笑眯眯地回答：“好的，我的小女皇。”然后开始讲我小时候曾如何惹她生气的故事。

这个世上真正在乎你而又值得你在乎的，归根到底就是那么几个亲人和朋友。我希望我的父母和我的奶奶永远年轻力壮，我可以永远承欢膝下。生，我们在一块儿，死了，我们的灵魂抱成一团。我希望我和家人相处的时间可以无限延长，我甚至想用自己的青春来换取老人家的吉祥平安。我承认自己勘不破生死，生离况且让我心戚戚，何况死别？我多么希望亲人永远围绕在我身边，永远不让我经受子欲养而亲不在的悲痛。

迁徙鸟

（一）

周末正享受悠闲时光的我忽然被老板临时抓去加班，夜晚又碰上个推不掉的应酬，觥筹交错间电话一个劲儿地响。喧闹中，我听见小舅温和的声音：“怎么还不回来吃饭？”在这个南方小城里，小舅是我唯一的亲人，我们同住一套出租房，我的吃饭问题一直是他关注的焦点。

宴会结束，回到住处已到深夜，小舅还在看电视，桌上摆着一碗泡椒田鸡，看起来没怎么动过。“给你留着菜呢，要不吃点？”小舅还是那样温和地问。

我摇头，转身冲进洗手间，对着马桶一阵狂吐。吐完后，才感觉头不那么晕了。走到客厅，小舅递来一杯酽酽的茶，让我先漱漱口。刚喝了两口茶，一条湿毛巾已递到我面前。看我回过神来，小舅开始絮絮地向我讲述酒桌上的应酬技巧，不喝酒不合适，可是不能一个劲儿地喝，可以偷偷地用可乐勾兑红酒，或者趁人不注意时将酒泼掉。

他素来寡言，这时倒有点像我那个爱唠叨的外婆了，不过说话的语气仍然很温和。是什么使他变得温和了呢？三个月的失业还是长达十年的失意？

我呆呆地望着小舅额上不深不浅的抬头纹，小舅不知何时变老了，他已不再是我记忆中那个张扬的少年，就像我已不再是那个天真烂漫的小女孩一样。时光早已把我们的棱角一点点磨掉，使我们慢慢变成了一个温和的成年人。

（二）

大凡见过我俩的都不相信我们是舅甥关系，因为小舅只比我大六岁，看起来就像我的哥哥。

我小时候对这个只比自己大六岁的舅舅感到十分不爽。记忆中，我小时候从没叫过他小舅，而是仿照妈妈那样直呼他的小名“丢佬”。妈妈说外婆家孩子太多，小舅最小，生下来像只猫，一点都不可爱，家人开玩笑要把他丢掉，所以起了个小名叫“丢佬”。

尽管被人取笑我们像兄妹让我感到尴尬，可我还是极其盼望小舅来我家。小舅是我童年时期最好的玩伴，因为他从不像其他小朋友那样抢我的玩具，还会在有人欺负我的时候替我出头。其实，我盼望他来还有一个更重要的原因，小时候我家穷，外婆总是接济我们，而十来岁的小舅便充当了“圣诞老人”这样的角色。

每次长得瘦瘦小小的小舅一出现在我家楼下，眼尖的我就会一溜烟跑下楼，一边嘴里嚷着“丟佬来啦”，一边兴高采烈地往他跟前凑。小舅往往会从篮子里掏出令我惊喜的东西，有时候是一块年糕，有时候是一盒饼干，有一次他居然掏出了一只小老虎玩具！那只色彩斑斓的小老虎是我童年时的最爱，很多年以后我才知道，那是外公送给小舅的生日礼物，他属虎。

五六岁的我很喜欢玩过家家，常怂恿小舅把我们家的碗碟搬出来玩。有一次，我失手把一个带花纹的瓷碗摔成了两半，急得直哭。小舅安慰我，碗破了可以用胶水粘起来。于是，我们俩整个下午都坐在阳台上，在那个瓷碗的裂缝上一遍遍涂着胶水。爸爸下班看到后，哭笑不得地说：“怎么两个傻子傻到一块儿去了呢？”

（三）

小舅读高中的时候，我们的关系开始变得疏远。

那时候，我还是个童心未泯的小女孩，他却已然成为一个潇洒的少年，眉宇间隐隐透着骄傲。

高中生和小学生的距离，看起来是那么遥不可及。成为高中生的小舅只在节假日偶尔来我家串门，而且来去如风，除吃饭外从来不会多加逗留。看见我和邻家小孩玩过家家、躲猫猫，他总会别过头不屑地哼一声。

有一次我路过小舅的学校门口，看见他和一个打扮得花枝招展的女孩子并肩行走，两人有说有笑看起来关系亲密。我像小时候一样兴高采烈地向他挥手，热络地打招呼："丢佬你好！"那个漂亮的姐姐饶有兴趣地看着我，问小舅："这是不是你妹妹？她怎么叫你丢佬啊？"

小舅的脸"唰"的一下红了，支支吾吾地说："这是我邻居家的小孩，喜欢乱叫别人的外号。"我极力争辩："我怎么变成你邻居的小孩了？你还是不是我的小舅丢佬啊？外婆不是一向这么叫你吗？我要回去找外婆评评理。"漂亮姐姐忍不住笑了，小舅的脸一下子红到了耳根，气鼓鼓地瞪着我。

尽管如此，他和漂亮姐姐还是带着我这个小尾巴去看了一场电影。我记得放的是《少林寺》，当时觉得影片中的那个小和尚挺帅气，若干年后才知道那个人是李连杰。小舅带的钱不多，买完电影票后，见我眼巴巴地站在冰柜前，又拿出仅剩的钱给我买了支冰淇淋。看电影的时候，我听见漂亮姐姐跟小舅说，你还挺有爱心的，对外甥女这么好。我坐在他们中间愉快地舔着冰激凌，忽然发现他们的手悄悄地拉在了一起。

看完电影，小舅送我回家。妈妈问你们干吗去了，我乐呵呵地说看电影去了，和小舅还有……话还没说完，猛然发现小舅瞪了我一眼。我连忙把“漂亮姐姐”四个字咽回了肚子里。后来，为了奖励我的守口如瓶，小舅给我买了很多冰激凌。再后来，小舅高考落榜了，听妈妈说是因为早恋影响了学习。

我那时对什么是早恋还似懂非懂，只知道没考上大学是一件很严重的事情。去外婆家时，我发现小舅正闷在房里睡觉，那清瘦的身材就如竹竿一般。我拿出零花钱买了个超好吃的奶油冰激凌，兴冲冲地拿给他。小舅不耐烦地推开我的手，冰激凌掉在地上，流了一地黏糊糊的奶油。

（四）

高考落榜拉开了小舅人生失意的序幕。

后面的那十年，他基本淡出了我的视线，有关他的消息都是听妈妈转述的。妈妈说他南下打工了，妈妈说他辞职做生意了，妈妈说他生意失败了……“我这个弟弟啊，为人不够圆滑，混哪一行都混不开，当初要是考上大学做个公务员该有多好啊！”妈妈不知向我感叹了多少回。

每当听到这些，我总会心虚一下，有点后悔当初没有把漂亮姐姐的事早点告诉妈妈。

小舅二十九岁那年结婚了，新娘自然不是多年前那个漂亮姐姐，而是妈妈托人给他介绍的一个女孩。这个女孩和我同龄，都是二十三岁。

我本想送他们一对芭比娃娃，妈妈说让我送点实在的东西，我便买了一床鸭绒被。

小舅的婚礼并不热闹，只在一个中档的宾馆里摆了四五桌酒席宴请了一些亲戚朋友。婚礼那天，小舅穿着一套新西装，胸前佩戴着红花，脸上挂着微笑，可是不知道为什么，我总觉得他笑得有点勉强。新娘笑容温婉，一看就是个温柔的女子，与小舅站在一起显得娇小可人。到我们这桌敬酒时，我叫了声“舅妈”，她的脸便微微泛红。

小舅拍着我的肩膀说：“丫头啊，丢佬我都结婚了，你也得考虑一下了。”我很多年没再叫过“丢佬”这个名字，乍一听，我有点恍惚，这个恍惚的瞬间，便被请来的摄影师拍了下来。

和妈妈一起看婚礼的照片，她突然指着小舅和我的合影说，丢佬和你长得还真像。我一看，一样瘦削的面孔，一样倔强的眼神，难怪人家会说我们像兄妹。

婚礼结束后我去长沙读研，有一天收到他给我寄的一个包裹。打开一看是一本厚厚的康熙字典，中华书局出的正版书，价值不菲。我记得小时候，小舅曾经跟我说以后要做一个纪晓岚一样的学者，看着那本很贵的康熙字典，我忽然有落泪的冲动。

（五）

三年后我南下工作，很巧地来到了小舅所在的城市，开始在同一个屋檐下生活的日子。

彼时，小舅三十二岁，我二十六岁，在两个成年人之间，六岁的距离变得很近，我们又可以像儿时那样平等地对话，只是话题变得有些沉重。

我越来越发现我们之间的相似。从小舅的身上，我常常看到自己的影子。用妈妈的话来说，我们都是那种心比天高的主儿，一把年纪还不懂人情世故，做人诚恳做事认真，到处碰壁也要坚持心中的原则。

小舅和老板长期不和，我到南方不久小舅就愤而辞职了，辞职后的小舅很想做生意，可是苦于没有本钱，于是在接下来的几个月中看电视成了他最大的消遣。《海岸两峡》《军事纵横》之类是他喜欢看的节目，我在家的时候，他会一边看一边尽情批判这个世界的阴暗面，身上还残留着愤青的痕迹。

双休日，他会在家做饭。他做的菜很好吃，剁椒鱼头、干锅鱼杂、辣子鸡丁做得和湘菜馆一样正宗，有时候我会陪他喝点啤酒，大快朵颐之余，就会一起批判长年吃粤菜能让人的嘴里淡出鸟来。我上火了他会去凉茶铺买降火的凉茶，王老吉那样的罐装凉茶素来被他鄙夷。

三十二岁的小舅不再瘦削，他的肩膀日渐粗厚，腰间开始有层层叠叠的褶皱。我像妈妈一样为他的前程担忧，每当想到他那个四岁的小儿子和温顺的舅妈，我就忍不住劝他先找份工作养家糊口。我知道他挺烦我说这些，每天开到凌晨的电视机便是佐证。

折腾了几个月他决定去贵州开个小店。临走前他带我去珠海游玩。我长这么大还是头一次看见海，珠海的海水并不像我想象中那样碧蓝，而是呈浑浊的黄色，或许理想和现实之间总有差距吧。

我事先带了未充气的游泳圈，可是海边没有打气筒，小舅拿着那个瘪瘪的游泳圈，一口一口使劲地吹着气。多年前的那一幕再次浮现在我脑海，十来岁的小舅坐在阳台上，一遍一遍徒劳地往那个被我打碎的瓷碗上涂胶水。仿佛只是一转眼间，我俩便不再年轻了。

一直以来我都为没有哥哥而遗憾，此刻，我终于释然了。面前腮帮子鼓鼓的小舅，多年来给予我的，岂不正是那种兄长式的关爱？从儿时到现在我俩之间从没有两代人的代沟，有的只是对等的交流。

小舅去贵州那天我正在上班，他是悄悄走的。城市里像他这样的人太多了，悄悄地进入，悄悄地离开，就像随着季节迁徙的鸟儿。我们同住的那套房子，又会有新的迁徙鸟衔泥筑巢、欢喜入住。

春天又快到了，燕子们将从南方飞往北方。我不知道哪里才是它们真正的故乡，不过它们总是在相同的地方垒巢做窝、安居乐业。而我们寄居的陋室和我们的缘分，却永远都只有那么短短的几个月。我们总是需要不断地迁徙，尽管我们已经很累。即使春再来花再开，曾收容过我们的小巢，恐怕早已不识它的旧主人了。

为了生活，我们不得不四处奔波。即使和至亲的人之间，我们所拥有的，也只不过是一段短短相依的日子。我希望那些曾经相依为命的日子，能够给小舅、给我、给所有漂泊在外的人带来些许的温暖，这样的话，无论身在何方，我们都能微笑着说，此心安处是吾乡。

假如真有时光机

爸爸妈妈真的老了。

人老了最大的特征是变得唠叨。每次打电话，他们絮絮叨叨的总是那些事，刚说过的一句话，没过两分钟又重复一遍。上次我妈给我打电话，开头一句是：“要是不舒服你要记得去医院看看啊。”快挂电话时又补一句：“一定要去医院看看啊，楼下的那家健民药店有个老中医就挺好，早点去，免得排队。”

说她唠叨她还不承认，关于她去北京旅游的事儿，念叨了起码上百遍，每一个细节都翻来覆去地描述，以至于她一说登长城，我就能接着说：“我知道，你去的那回，好多外国人背着小孩在那儿登长城。”她听不出我的言外之意，还喜滋滋地补充：“是啊，都是粉红色的外国小毛头，太好看了。”我心里很不以为然，哪个种族的娃娃都是粉红色的啊，除了黑种人。

这些陈芝麻烂谷子的事我都听得两耳生茧了，不过也有听不厌的，我喜欢听爸妈讲他们小时候的事。

爸妈的童年记忆离不开两件事，一是劳动，二是饥饿。妈妈有八个兄弟姐妹，家里人口太多，分到每个人嘴里的口粮就太少了。不过，那时候至少能吃饱，只是没有足够的大米，只好用杂粮来代替。

妈妈印象最深刻的就是吃红薯，她告诉我，早上吃的是“整猪整羊”，意思是光吃蒸红薯，中午是“芝麻拌糖”，意思是在饭上蒸一点红薯，晚上则是“吹吹打打”，吃的是煨红薯，需要拍灰吹打……

妈妈说这些的时候，眉飞色舞，绘声绘色，我一直认为，她有做民间说书人的潜质。作为听众的我，很为八个兄弟姐妹怎么抢食着急，想当年我和弟弟没少为抢吃的打架。听到我的问题，妈妈白了我一眼：“哪会抢啊，一个个都可懂事呢，只吃自己的那一份，还想着让给大人吃呢，因为大人还要干活。要是有客人来的话，我们这些小孩就不上桌。”

物质生活这么匮乏的童年，也有快乐的一面。在妈妈的记忆中，他们兄弟姐妹都很友爱，小舅小时候母乳不够，又买不起奶粉或者小米，姐姐们就拿饼干泡了开水喂他，喂得小舅又白又胖。

小舅是个馋小孩，如果哥哥姐姐们有好吃的不给他，他就顺势往地上一滚说："你以为我不会生气打滚啊？"大家都笑他："可别这样，把地上的灰都滚走了。"他一听后，反而翻滚得更厉害了。小舅现在不苟言笑，一年四季喝得醉醺醺的，想不到小时候居然这么有趣。

妈妈是大姐，经常要带着弟弟妹妹去田间或者山上找吃的。这对于小孩子来说是件很快乐的事，那时哪有什么零食啊，乡间孩子的一点美味都是拜山野所赐。妈妈说，她小时候到处都是野生的团鱼（即甲鱼），有时去河边玩，脚一踩就能踩到团鱼。每到这时她们就赶紧捉住提回家，让外婆杀掉炖了来吃，几个小的吃肉，大的分口汤喝。那汤真是鲜美啊，妈妈数十年后提起来仍念念不忘。

爸爸口才没妈妈好，也不习惯和儿女聊家常，所以关于他童年的事我都是听奶奶和妈妈提起的。爸爸和妈妈一样，也出生在一个大家庭里，有五个兄弟姐妹，他也是老大。爷爷四十来岁就患病去世了，那时我最小的姑姑还只有两岁。

穷人的孩子早当家，我爸三四岁时就一个人拿着小刀上山砍柴。力气小砍不动大树，他便砍低矮的灌木，砍下后整整齐齐地扎好背回家，然后一小捆一小捆地垒在厨房门口。人们都称赞他了不起，干起活来比有些大人还强。

每当听到这个故事，我的心情都十分复杂，有几分心酸，有几分心疼，可是更多的是骄傲。我想象着爸爸小时候挥舞着小刀奋力砍柴的样子，他是不是跟弟弟小时候一样，有着苹果般的圆脸和一双胖嘟嘟的小手呢？大山里的灌木，一定比那时的他还要高些吧？

勤劳勇敢的爸爸一直瞧不上我和弟弟，他说我们又懒又馋，连双袜子都洗不干净。我觉得在劳动方面他苛求完美，因为连我妈干的活他都不满意。爸爸每天清晨都会早早起来，拖地、擦玻璃、打扫屋子，一边打扫一边小声抱怨："都这么懒，要不是我，这个家就成猪窝了。"

这么勤劳勇敢的爸爸，童年时也会犯全天下小孩都爱犯的毛病——好吃。有次在饭桌上，妈妈无意中说起了爸爸小时的一桩事，那年闹饥荒，家里没饭吃，奶奶好不容易找来一些干枯的红薯藤磨成粉，做成黑漆漆的团子。爸爸看见后吵着要吃。那时候家里的口粮都是要优先给大人吃的，因为吃了才有力气干活。爷爷见爸爸这样不听话，就提着他浸到水里，谁知爸爸一从水面出来就又哭着说："我要吃团子！"如此浸了几次，不管他怎么哭，团子还是没吃着。

听到这里，我看着一桌子的菜再也吃不下去。我真想把桌上的猪血丸子、粉蒸排骨统统让给小时候的爸爸，这样他就不会吵着要吃红薯藤做的团子了，也就不会被爷爷提着往水里浸了。

“假如可以穿越时空，你最想去哪个时代生活”，偶然间看到了这个问题。要是真的有时光机，我很想穿越时空回到爸妈的童年时代。

我想看看爸爸妈妈小时候的样子，想给妈妈送去一件漂亮的衣服，也想捎一碗红烧猪蹄给吃不饱饭的爸爸，更想陪着爸爸上山砍柴。

在亦舒的小说《朝花夕拾》中，就讲述了这样一个故事。生活在2035年的女主人公和母亲关系不佳，她总是嫌母亲太过守旧啰唆。偶然的一次车祸让她穿越到多年以前，那时母亲尚是一个不足五岁的幼儿。真奇怪，她嫌弃自己年老的母亲，可是对于幼年的母亲却无比体贴。

这是我读过的最动人的亦舒小说。很多人都像小说中的女主角一样，觉得父母言语无味，我们忘记了，现在垂垂老矣的人也有过童年，他们也曾被父母捧在掌心，他们也曾有过胖嘟嘟的脸蛋和小手。所以，当你厌倦他们的时候，想想他们小时候吧，也许这样你会对他们多一份谅解和温柔。

现实不是科幻小说。人们不可能像《朝花夕拾》中的女主那样穿越时空去爱护幼小的母亲，可是如果我们拿出待孩子一半的温柔来回报父母，那么他们必定会快乐不少吧，哪怕只是偶尔。

Chapter 2

往后的时光还很长，
我都会一直陪着你

吃百家饭

我小时候村里很少有独门独户的院子，都是一大片房屋连在一起，出了这家的门，就到了那家的屋檐下，串起门来特别方便。谁家要是做点好吃的，整个院子都能闻到香味，在那物资匮乏的年代里，不能顿顿有鱼有肉，共享下鱼肉的香味也挺好。

每当家家户户升起炊烟的时候，我总会站在院子里，深深地吸一口气，贪婪地想吸进所有从我家门口飘过的食物香气。

我发现各种食物的香气之间有着细微的差别：白米饭的香气朴实无华，青椒炒肉的香气闻着有些呛人，煎鱼的鲜香混合着菜籽油被炸开时特殊的清香，仿佛能听见滋滋的油响……我总是能毫不费力地辨别出，谁家在煮肉，谁家在炖鸡，谁家蒸上了从山里新采下来的菌子……

这其中，最好闻、也最具诱惑力的就是炖鸡时飘出来的香味。世界上的香气那么多，可我觉得再没有一种香气能像鸡汤的香气那样浓郁、纯正，简直足以勾魂。

农村家养的没有吃过任何饲料的老母鸡，炖的时候香气能飘到十里之外，那香气如果天上的神仙闻到了，也会忍不住想下来尝一尝。

我六岁那年不幸得了肾炎，我妈严格按照医生的嘱咐（现在想来这医嘱似乎并没有多大道理），不给我吃任何油荤，佐饭时只有几粒豆豉，或者水煮出来的青菜。这么吃了一段时间，我觉得自己的脸色都快和青菜一样绿油油的了，两只眼睛更是馋得直冒绿光。

那天，我妈照例给我做了水煮青菜，我一口都吞不下。正在这时，一股香气扑鼻而来，那分明是一只肥嘟嘟、黄澄澄的老母鸡散发的味道。

一个六岁的数十天没有吃过任何油荤的孩子，根本没有办法抵抗这样结结实实的香味。于是，鬼使神差地，我端起手中的白米饭，不理会我妈的叫唤，循着那股香味就走了出去。

走啊走，就走到了秀米婶的家门口，他们一家人正围着桌子吃午饭。油腻腻的饭桌中间，摆着一大盆鸡块，香气就是从那儿散发出来的。

我端着我的白米饭，眼巴巴地望着那香气的来源，非常努力地克制住自己往下吞口水的冲动。

秀米婶一家吃得正香，忽然看见门口来了个可怜巴巴的小孩儿。她为人向来爽朗大方，又和我妈要好，见了我忙热情地招呼说：“媚子你来得正好，我们家难得杀鸡，快进来吃！”

我毕竟还要点脸，不好意思进去，却也舍不得离开，就那样杵在门口。

“这孩子，可真害羞。”秀米婶见状，夹起一个鸡腿，端着一碗鸡汤走了出来。

“你妈就给你吃这个啊，太苛待孩子了。”她看着我碗里蔫头蔫脑的青菜叶子，把鸡汤往我饭上一倒，鸡腿也搁在了我碗里。

“不不不，我妈说了，不能吃别人家的东西。”我暗暗吞了一口口水，把鸡腿又夹回她碗里。

“你妈要是问起来，就说是婶婶非让你吃的，怕什么！”秀米婶边说边把鸡腿又放回我的碗里。

“这个真的不能要。”靠着一点残存的自尊心，我把鸡腿还给她，秀米婶家有两个比我还大的孩子呢，光用眼角的余光就能感受到，他们对这个大鸡腿的虎视眈眈。鸡腿再肥硕，我也不能下嘴。

有了鸡汤，我就已经很知足了。我端着那碗饭，心满意足地往回走，喷香的鸡汤浇在蓬松的白米饭上，将整碗米饭都染成了金黄色。裹上了鸡汁的米饭送进嘴里，来不及咀嚼，就顺着食道滑了下去。我大口大口地吞咽着，胃和心同时得到了满足。

这碗鸡汤饭，就成了我“吃百家饭”的开端。从那以后，我时不时闻香而动，踩着饭点出现在邻居们的门外，回来的时候，碗里总是多一块肉，或者几勺菜。村里的人是真穷，可是对待孩子真的慷慨，谁家有孩子上门，主妇们宁愿自己喝汤也得把肉让给孩子吃。

孩子们都是一个院子里的人帮衬着养大的。乡下的孩子，谁没去邻居家蹭过饭，吃过零嘴呢？不过吃遍全院子的人还真不多，毕竟不是每个孩子都像我这样脸皮厚。

我脸皮厚到什么程度呢？据我妈描述，那时我经常在隔壁的义奶奶家蹭吃蹭喝，而且从不把自己当外人。他们家的甜酒特别好喝，一到吃饭的点，我就过去了。到那儿后，我大咧咧地往桌前一坐，以呼唤店小二的口吻大声呼唤：“义奶奶，上甜酒！”义奶奶闻声就会赶紧拿出勺子来给我舀甜酒，一边舀一边笑眯眯地嘱咐我：“慢点喝，当心烫！”尽管是远房亲戚，我总觉得她待我就像亲奶奶一样好。

甜酒是用糯米发酵而成的，也就是酒酿，又叫醪糟。我后来喝过醪糟，淡得像水一样，没什么味道。我们那儿的甜酒，味道要浓得多，后劲也要大得多。义奶奶很宠我，甜酒由着我喝，我喝完一碗，把小碗往她面前一推，喊声“再上”，她就笑眯眯地又给我舀上几勺。有次我多喝了几碗，居然醉了，小小年纪发起了酒疯，把碗都打破了。她把我抱回家，仍然笑眯眯的一点都不恼。倒是我妈，把我狠揍了一顿。

就因为爱到别人家去蹭饭，我那时特别羡慕小妹子。小妹子家养有一头牛，那时牛可是个稀罕物，不是每家都有。每当春耕之前，就有很多人请小妹子的爸爸牵着牛去犁田。犁田是个辛苦活，为了答谢，主人总会备上丰盛的饭菜，小妹子沾爸爸的光，经常会跟着去改善生活。

有一次，她爸爸出去犁田时，我正和小妹子在田里玩泥巴，于是吃饭时也顺便叫上了我。

那天中午吃的菜我已经不记得了，只记得回家后，我怏怏不乐地对爸爸说：“爸爸，要不你别教书了，快买头牛帮别人犁田吧！”

爸爸很不解地问：“为什么呢？”

我嘟着嘴告诉他：“你看看小妹子的爸爸多好，有了牛就可以帮别人犁田，这样我就可以跟着你去别人家吃饭啦！”

全家人听后大笑不已，这才知道我让爸爸买牛，原来打的是这个鬼主意。

教书在村里人看来是个体面职业，可我为了吃口好的，不止一次怂恿我爸改行。爸爸有个朋友做得一手好木工活，是这一带有名的木匠。我们家有时要做个柜子，打个床之类的，就会请他上门。这个木匠出了名的爱吃肉，尤其爱吃辣椒炒的油汪汪的五花肉，托他的福，我那阵也过上了有肉可吃的好日子。

这个木匠的小女儿和我年龄相仿，有时他到我家会带上她。木匠干活时，我俩就守在一旁，把刨花圈在手臂上，比赛谁圈的多。

床打好了，柜子也做好了，木匠就带着小女儿去了下一家干活。他们走的那天，我伤心得大哭。家里人都说我重感情，舍不得那个小姑娘。

爸爸哄我说："你别哭了，过几天我带你去她家玩。"

我抽抽搭搭地说："我不是为这个哭。"

爸爸又不解了："那你是为什么呢？"

我停止了抽泣，认真地对他说："爸爸，你别教书了，和他一样做个木匠多好啊，这样跟着你出门干活，我就顿顿能吃上辣椒炒肉了。"

爸爸哭笑不得，身为一名光荣的人民教师，老爸那时一个月只拿几十块工资，连女儿顿顿吃肉的愿望都满足不了，好笑之余未免有点心酸。

如果说犁田、木工这样的工作爸爸努力下还能够胜任的话，另外一项我对他的职业期许，他是无论如何都不敢挑战的。

那是一个夏天，爸爸的好友冬伯伯说家里备了好菜，特意叫他过去吃饭。爸爸平常去别人家吃饭是不带我的，可能是我之前的眼泪让他有所愧疚，所以那次破天荒地带了我一起去。

到了冬伯伯家，发现他家已经来了好几个人，都是些彪形大汉。他家附近的晒谷坪里临时垒起了一个灶，灶上架着的大铁锅正在煮东西。一股异香钻入了我的鼻子，我从来没有闻过如此奇异的香味。

这锅里到底煮的是什么？我凑上前一看，只见锅里的东西被切的一段一段的，白花花的上面还有丝丝缕缕的黑皮，看得出是肉，但不知道是什么动物的肉。

“这是什么？好香啊！”我问冬伯伯。

“小孩子鼻子真灵，要说香，这世上没有什么比蛇肉更香了。”冬伯伯一边忙活，一边给我科普，“这蛇肉啊，不管有毒无毒，只要是野生的多少有些毒性，所以最好在露天炖，这样才能把毒散发出去。”

“蛇肉啊，我还从来没有吃过呢！”听了他的话，我顿时兴奋起来，完全没注意到旁边的爸爸一下子脸色变得惨白。

蛇肉很快就炖好了，冬伯伯出于对读书人的尊重，率先装了一大碗给我爸爸：“来来来，禹老师，快尝尝这个！五斤重的百步蛇，上午刚从山里捉的，又肥又嫩！”

爸爸的脸更白了，他慌乱地往后退了退，摆着手说：“还是你们先吃吧。”

冬伯伯没再勉强，正好看见我站在爸爸身后，两眼放光地盯着他手里的碗，他顺手把那碗蛇肉给了我：“老禹没眼光，还是小禹识货。”

识货的我将那满满一大碗蛇肉吃了个底朝天，连汤也喝了个干净。爸爸看我吃得这么香，一会儿问我好吃吗，一会儿又担心我吃多了会中蛇毒。我故意把碗往他面前一送，说“要不你尝尝”，他便再也不说话了。

那蛇肉果然如冬伯伯所说又肥又嫩，鲜美得难以描述。沉浸在回味中的我，不止一次央求爸爸：“爸爸，我好想再吃一次蛇肉啊，你跟着冬伯伯去学捉蛇好不好？”

“不好！”爸爸干脆明了地拒绝了我，莫说是捉蛇了，就连提到蛇这个字，他的脸色都会变得难看。自诩天不怕地不怕的他，生平最怕的就是蛇这种软绵绵、冷冰冰的软体动物了。

虽然吃不到爸爸捉的蛇，我至少知道了他也有害怕的东西。我暗自盘算，要是下次他再敢揍我的话，我就去捉条小蛇放进被窝里吓他。

飘香楼七兄妹

和来自舟山群岛的一位姐姐聊天，她说那里有很多无名的小岛在拍卖，听到这个消息我不禁怦然心动。舟山啊，那可是传说中的桃花岛所在之处，我多想买下其中的一处小岛长住。我不想学黄药师做个孤独终老的岛主，而想和我的伙伴们面朝大海，把酒临风。

我看起来是一个喜欢独来独往的人，其实那只是一种假象，就像村上春树小说中所言：哪里是喜欢孤独，只是不想乱交朋友而已。熟悉我的人都知道，我最喜欢的金庸小说人物是令狐冲，他交友广泛，贩夫走卒亦能与之为友，不管是华山之巅还是五霸冈上，冲哥所到之处总是一团热闹。推杯交盏谈笑风生之际，江湖不再寂寞如雪。

我成长的年代正是武侠小说和电影风靡的时候，想当年《少林寺》俘虏了多少少男少女的心，就连八岁的我看了电影后，都买了个小沙包每日在家中击打。我的小伙伴们，有练铁砂掌的，有劈砖头的，也有练铁头功的，这些孩子们无不搞得皮破血流。我的小沙包不堪我的百般蹂躏，终于在半年后沙漏袋亡。

光是练功已经满足不了我们的江湖梦了，武侠片中主人公的一言一行成了我们效仿的目标。那些侠客们相交纯以义气，动不动就和气味相投的人义结金兰，割手指饮血酒，发誓要有难同当有福同享。受此影响，我们这群小孩儿也痴迷于称兄道弟。

一个下雨天，我们特意爬上后山，找到一颗亭亭如盖的茶子树。我们弄些茅草树叶放在树冠上，做成了一柄天然的大伞。在小朋友眼中，这可不是一把普通的伞，而是我们安身立命的门派。最神经的一个孩子将其命名为“飘香楼”，并拿小刀在树干上刻出了这三个字，我们几个极其严肃地在树下撮土为香，结拜兄妹，发誓从此后有难同当有福同享。

当时热播的一部武侠片里，某个门派正好有七个弟子，巧的是我们这伙人也正好七个，四男三女，于是我们分别以日、月、星、风、云、雨、虹命名。排行老大的男孩名号里有个日字，他母亲去世得早，跟着父亲和哥哥们生活，从小就很独立好强。他比我们稍大一两岁，在小伙伴中向来说一不二，隐隐有领袖之风，自然是当之无愧的老大。

我年纪排不上第二，可由于我读了一大堆金庸、古龙、梁羽生的小说，就连全庸、金康的冒名书都没少读，说起江湖规矩来一套一套的，胆子大鬼点子也多，给门派命名以及结拜兄妹的主意都是我出的，所以被大家推坐了第二把交椅，人称“二姐”。

后面的几个兄妹，基本上是按照年龄来排的。我模模糊糊地记得，老三家里是酿酒的，常常偷酒出来给我喝。老四是个鬼精灵，黑不溜秋长得像条泥鳅。老五记不清了，老六憨憨的，唯我们几个大的马首是瞻。七妹爱红年纪最小，和我的交情也最好，她那个含有虹字的名号还是我绞尽脑汁替她想的。

为了使结拜更具仪式感，我们在下山后还找来真正的香，忍痛在各自的手腕处烫了一个印记。我至今还记得，燃烧的香烫在皮肤上那种滚烫的烧灼感。现在想来，那得需要多大的勇气啊！如今我的左手腕处还有一个疑似半月形的疤痕，提醒着我当时的名号中是有一个“月”字的。

我们飘香楼七兄妹的感情很好，那时的小孩作业很少，除了上学外，我们几乎整天都厮混在一起。没有其他人时，我们都以排行相称，还模仿武侠片里的人碰头就说切口，这个说“天王盖地虎”，那个就对“宝塔镇河妖”。月光好的夜晚，几个胆子大的从家里偷来米酒，我们一边在月光下打牌闲扯，一边故作潇洒地喝着酒。天知道那酒有多烈多难喝，但是谁敢不喝呢？

慢慢地，我们已经厌倦了这种类似于行为艺术的小打小闹，渴望能像真正的江湖人士那样干票大的。可别说，我们还真的干了两件大事。

第一件大事是集体离家出走。具体细节已经不记得了，大概是其中某个小朋友犯了猎，怕挨打不敢回家，于是提议离家出走算了，其他几个人正有此意，当即一拍即合。

至于离家出走的目的地，我们也很快达成了一致，要去就去少林寺。天下武功出少林，少林寺可是我们武侠迷心中共同的圣地。七妹有点担心少林寺不收女弟子，我安慰她说："别怕，要是不收的话我们就一起跪在少林寺门口，跪个三天三夜，跪到饿晕过去，方丈肯定会被我们的诚心打动的。"七妹又担心万一方丈不被打动怎么办，我拍拍胸脯告诉她出家人慈悲为怀，方丈一定不会不顾我们的生死。

说走就走，我们背着书包就出发了。我们兜里大多一分钱都没有，唯一有钱的老三贡献出仅有的一块两毛钱买了几个包子，大家边吃边往县城的方向走。少林寺在哪儿，我们不清楚，但朝着县城走应该不会错。至于没钱，我们一点都没放在心上，没看见哪个侠客行走江湖还需要钱的，大不了一路乞讨过去吧。

可行走江湖实在比我们想象的难多了，我们没有马可骑，也没有车可坐，光凭两条腿实在辛苦，走了十几里路腿肚子便抽筋了，肚子也饿了，一个个士气低迷。最小的七妹"哇"的一声哭了出来，哭着说想回家。这下大势去矣，我们只得怀着一腔孤愤回了家。到家的时候天已经黑透了，父母还以为我们在路上贪玩，浑然不知道他们差点就失去了自己的孩子。当然，因为回家太晚，其中有几个孩子挨了一顿揍。

去少林寺学武功的梦想就此破灭了，我们不甘心，琢磨着再干票大的，并很快商定了目标，这次的目标是“行侠仗义”。

这个目标的难度系数可一点都不比行走江湖低，我们七兄妹各自提出了不少建议，但都被一一否决了。比如，扶老奶奶过马路，太容易了，没有挑战性；劫富济贫，这个又太难了，首先富人就很难找。放眼望去，我们村就老三家和杨屠夫家富点，可一个是自己人，一个太凶悍，所以也被否了。

经过一番商议，我们最后将行侠仗义的帮扶对象锁定为孤女明子。明子妈妈去世后，她一直寄居在叔叔婶婶家，婶婶待她十分苛刻，我们曾目睹她让自己的两个孩子先上桌吃饭，等他们吃完了才让明子去吃。在她的纵容下，她的两个孩子也常欺负明子。说起来其实也算不得大奸大恶，可孩子们的眼里容不下沙子，我们那时很讨厌明子婶婶一家，于是一致决定对这家人略施惩戒。

惩戒的方式相当简单粗暴，我们派出身手最矫健的老大和老三，把明子的堂妹和堂弟狠揍了一顿。揍完之后，我们还没忘了狠狠地威胁：“以后再也不许欺负明子了！”为了不暴露身份，老大和老三是用红领巾蒙着脸的，只是那时我们太天真，完全没想过最后加上的那句话是画蛇添足。

明子的婶婶毕竟是成年人，我们胆子再肥也不敢和他们正面叫板，只得在暗地里给她使绊子。她在池塘里放的鱼笠，我们趁没人注意时把里面的鱼全部倒掉，她家养的鸭子总在塘边下蛋，我们就赶在她之前把鸭蛋拿走，至于往她家玻璃上扔小石头之类的事也干过，老四甚至冒着被抓的风险在她家门板上用红色粉笔写了四个大字：恶有恶报！

那阵明子的婶婶不堪其扰，脾气更大了，于是变本加厉地拿明子撒气。这可不是我们想看到的结果，我们决定给她点货真价实的教训。在老大的指挥和我的策划下，我们花了很多天在她家的后山上挖了一个大坑，里面放满了蒺藜（一种满是尖刺的植物），并在上面精心盖上青草。

洞挖好后，老四自告奋勇担当了引蛇出洞的重任。他骗明子婶婶说，她家的鸭子换了下蛋的地点，在后山下了一堆蛋。明子的婶婶听了后信以为真，果然随他去了后山，在老四的诱导下，她一脚踏空跌到了大坑里，被坑里的蒺藜扎得嗷嗷叫。

老四得意地大笑，不提防坑中那人忽然一跃而出（只怪坑挖得还是不够深），伸手就揪住了他的耳朵，嘴里恶狠狠地问：

“你这个有爹生没娘教的小畜生，到底是谁指使你和老娘过不去？”被揪住了耳朵的老四还嘴硬地嚷嚷：“没人指使，我这是路见不平，拔刀相助。谁叫你欺负明子呢！”明子的婶婶大怒，手上更加使劲了。

眼见着老四的耳朵都快被揪掉了，埋伏在树丛里的几个“小侠客”终于按捺不住，齐齐跳了出来，有的掷石头，有的抡木棍，明子的婶婶被攻击得手忙脚乱，只得松了揪住老四耳朵的手。我们拉着老四，连滚带爬地跑进了山里面。明子的婶婶追不上我们，急得在后面破口大骂。

我们还没过足侠客的瘾，就又各挨了一顿猛揍，都怪明子的婶婶告状。不过从那以后，她确实收敛了一些，不敢再明目张胆地亏待明子了。

这算是我们行侠仗义生涯中的壮举了。没过多久，我随爸爸去了镇上的学校读书，只有寒暑假才能回家。再见面时，大家都长大了些，也生分了些，不再像以前那样毫无顾忌地疯闹了，飘香楼七兄妹自此风流云散，大了后更是散落在天涯。

关于他们的消息，我是听村里人说的，老大信用卡透支得太多，隐姓埋名远走他乡了，老三在云南做小包工头挣了些钱，七妹从小爱美，长大后在市里开了间美容院。最传奇的是老四，据说十几岁就辍学当了古惑仔，现在已经是我们那一带的头头了。

前几年回老家，由于道路狭窄，我家的车和对面开来的车不小心蹭了。我在车窗中探头一看，只见那车是辆宝马X系，司机大佬皮肤黝黑戴着墨镜，看起来不是善类。我一看对方的样子，心里就暗暗叫苦。

我心想不能在气势上输给对方，于是冲下车去找对方理论。我手里还拿着手机，心想对方要是存心刁难，我便报警。我还没开口，那人就惊喜地说："呀，这不是二姐嘛！"

这称呼让我错愕无比，很多年没有人这样叫过我了，我一时怔住了。那人赶紧取下墨镜，黑黑胖胖的脸对着我笑成了一朵花："二姐，我是老四啊！"说着怕我不信，还撸起了袖子给我看他手腕上的那点香疤。其实那香疤早就淡得几乎看不出痕迹了，不过我还是从他狡黠的神情中认出他就是当年的老四。没想到多年不见，居然是以这种方式相逢。

"好久不见，二姐不愧是二姐，还是那么霸气啊！"面对他热情的夸奖，我只好尴尬地笑了笑。

为了表达对昔日二姐的尊敬，他将车退了一段距离让我们先走，还说改天要到我家拜访。回家的路上，我不断地称赞老四的长情和义气，顺便把我们七兄妹结拜的故事复述了一遍，谁料某人听了之后，只是不以为然地表示，你当年原来还是个小太妹啊。

什么小太妹，没有武侠情结的人完全不懂我们当年的情和义。我永远记得，在亭亭如盖的茶子树下，七个小朋友撮土为香，对天盟誓，郑重地用燃着的香在手腕上烙下一个印记，发誓要有难同当有福共享……

月亮粑粑，肚里坐个爹爹

很多年不过中秋了，近几年的中秋对我来说，只是用来补觉的大好时机。今晚，站在阳台上，忽然发现月色这般可爱，不禁动了出去走走的念头。走到外面，清风拂面而来，那轮圆月挂在树梢散发着柔和的光，我端着一杯冰激凌坐在台阶上一边吃一边赏月，浑然忘了此刻我处于闹市之中。如此良辰如此月，不禁把我带回了那些和月亮有关的美妙时光。

关于月亮最初的记忆，和我家后面的那座山有关。小时候，爸爸在隔壁村的小学教书，常常带我去那所学校玩。由于距离家很近，我们时不时就会早出晚归。有时回家晚了，爸爸会带我从山上抄近路。每当这时，我总觉得原本热闹的大山一下子变成了一只安静的巨兽，只有伏在爸爸的背上，才能获得安全感。

幸好那时有月亮，白白胖胖的月亮慢慢地从大山深处升起来，给山林这只巨兽蒙上了一层温柔的面纱。它虽然没有脚，却一直跟在我们后面走，它虽然不说话，却始终笑眯眯地看着我们。我觉得害怕了，抬头看见月亮，心便会安定下来。

爸爸年轻时是个沉默寡言的人，尤其不会哄孩子，短短的一段山路由于他的沉默显得有些漫长。我有时闲得无聊了，就会嘟嘟囔囔地念着老人们教我的童谣：月亮粑粑，肚里坐个爹爹；爹爹出来买菜，肚里坐个奶奶……一边念一边拿手指着月亮。这时爸爸就会吓唬我："千万不要指月亮啊，月亮婆婆会割了你的耳朵。"我吓得连忙去摸耳朵，一摸还是完整的，这才放下心来。

后来我长大了，不会再像以前一样伏在爸爸的背上指着月亮念童谣，和我一起看月亮的，换成了我的伙伴们。记得小学六年级的时候，数学老师突发奇想号召大家晚上去补课，同学们积极响应。不过，那天赶上学校停电，老师便早早走了，我们不想回去，于是点着蜡烛做起了习题。可是，大家没多久就烦了，便盘算着出去走走。

不知道大家有没有见过红月亮，我记得那天晚上的月亮是红色的。我们一伙人并肩走在马路上，亲眼看见一轮红月亮挂在天空。它那么大，那么红，离我们是如此之近，仿佛我们一直走就能走到月亮之上。我们碰到车子就大声尖叫，碰到下坡路就一路飞奔，高兴得快要疯了。乐极生悲，我在奔跑的过程中不幸摔破了膝盖，鲜血汩汩而出。伙伴们见状担心不已，我却像个没事人一样只顾傻乐。和年少时充盈的快乐相比，那点痛在我眼里不算什么，不像现在，对痛苦越来越敏感，一颗心只顾着感受疼痛，都匀不出空间来拥抱快乐了。

不管走到哪里，月亮都是我的最爱。因此读到李白写月亮的那些诗时，我恨不得穿越到唐朝和李白一起推杯换盏。豁达的李白能“举杯邀明月，对影成三人”，因此他即使无人陪伴也不会感到寂寞。

我也像李白一样，有过很多个独自和明月相对的夜晚。进入青春期之后，我和众多文艺少女一样，突然感到无限孤独，总觉得全世界的人都不理解自己，唯有天上的那轮月亮是自己的知音。

于是，十几岁的我每逢中秋都会在月下独坐到深夜，有时甚至因为不舍那迷人的月色，会抱着一床凉席到天台上睡觉。乡村的秋夜万籁俱寂，开始还有三两鸟叫、几声蛙鸣，到了夜半，鸟声、蛙声、甚至连秋虫的细语都静了下去，只有贪看月色的我还兀自醒着。月亮逐渐西沉，我也渐渐睡熟，在无边寂静中我与溶溶月色融为一体。

记得刚考上师范的那个暑假，我常在天台上睡觉。一天夜晚，正欲入睡时，眼前忽然掠过一只巨大的飞鸟。这只飞鸟银白的羽翼在月光下闪闪发亮，它的行动是如此迅疾，倏忽而来，倏忽而去，一下子就消失在茫茫夜色中了。我一时无法分清这只飞鸟是真的来过，还是只是我出现的幻觉，紧接着我的心头涌上无尽的空虚。后来读东坡的诗，“人生到处知何似，应似飞鸿踏雪泥。泥上偶然留指爪，鸿飞那复计东西”，心头的震动像目睹飞鸟那夜感受的重现。

很多年过去了，我从乡村走向了城市，终日营营役役，不再有赏月的闲情。今夜忽然抬头，我才发现月亮还是那轮月亮，尽管这些年来我不再痴痴地守望，它还是那样明晃晃地挂在天空，从来都不曾失色。

当你被生活折磨得焦头烂额的时候，抬头看看月亮吧，它一直在那里守护着你，从来未曾离开。所以，暂且别想那么多，坐下来吹吹风想想往事，在这有月亮的夜晚。

改名记

闲来翻读亦舒的小说《她比烟花寂寞》，看到大明星姚晶原名赵安娟时，不禁吓了一跳。在人群中一叫安娟，估计回头的八成是个衣着朴素的中年妇女。这就是典型的名不副实，安娟这个老实本分的名字哪配得上艳光四射的姚晶，所以非改名不可。

混演艺圈人的大多改过名字，改名图的就是名头响亮，原名艺名一对比，那真是天差地别。谁能够想到，风情万种的李玟原名居然是李美琳。刘德华这名字算不上洋气吧，可是他的原名刘福荣更土。有个明星长得一表人才，可是却有一个土掉渣的名字——冯进财，为了事业的发展只得改名，于是有了个洋气的名字冯德伦。

好名字往往能让人闻之惊艳，从古至今有多少有志者嫌爹妈给的名字不够响亮，于是在开辟一番事业时要先改名。艺人从艺得有个艺名，作家写书得有个笔名，就连古代的侠客闯荡江湖时，往往都给自己取个威风的名号。为什么要这么在乎名号？看多了武侠小说才知道，原来名头越响就越容易混出名堂。

名字就是一个人的根，代表着他难以磨灭掉的阶级出身，所以无怪乎农村孩子一进城就忙着改名字。乡下人识字不多，取名也图省事，试想想，城里人哪会给自家宝贝孩子取名叫金莲或者狗剩？想当年，我们村和我差不多大的十几个孩子，女孩大多叫娟或者艳，男孩大多叫强或者明。多年后，有个叫艾娟的考上了某名牌大学的外文系，放假回来第一件事就把自己的名字改成了艾米莉，并放言谁还叫她艾娟她就和谁翻脸。她老妈大字不识，怎么也念不来这个洋名字，无奈只得简化为莉莉。说实话，娟娟和莉莉这俩名字还真是俗得难分伯仲。

在我们乡下，重男轻女的风气仍然很浓厚，从姑娘们的名字就能看出这点。我读中学时，班上有个女生叫晔娣，同学们都说这俩字读音挺怪的。后来她偷偷告诉我们，晔娣原来是“要弟”的谐音，她老爸好歹是个小学教师，这一心盼子的心情和农民大伯们没啥区别。据说她小时候就叫要弟，后来她老爸觉得这俩字上不了台面，才改成了晔娣。

我们隔壁村的李大伯更绝，他老婆头胎生了个可爱的女儿，李大伯喜不自禁，给她取名叫李该有，意思是命中该有一个闺女。第二胎又是个女儿，李大伯就不高兴了，胡乱起名为李多有，这名字明显有歧视的意味了。

我工作后有次回家遇到了好久不见的李该有，她穿着小短裙，披着小风衣，打扮得妖冶艳丽。我亲热地呼唤她的小名：“该妹子！”没想到她只是笑笑，没有回应我。我妈偷偷一扯我衣袖：“人家早改名叫李琳了。”这也难怪，想当年她因为这个名字，可没少受男生们的耻笑。

住得离我们家很近的彭二叔，为人颇有几分怪僻，早年落魄时村里人评价说，彭二这个人不仅呆而且傲，活该没钱。后来彭二南下发达了，更是狂放不羁，认为呆和傲正是自己的两大特色，为了加深世人对他的印象，于是将一大一小两个粉嫩的女儿分别命名为彭呆和彭傲。湖南人称呆子为“哈哈（音三声）呆呆”，可怜长得玉雪可爱的彭呆，从小就有了这么个不太好听的诨名。每次村里人一叫她“哈哈呆呆”，她就咧着嘴开心地答应着。现在彭呆应该长成大姑娘了，估计正在闹着要老爸去给她改名。

除了乡下孩子，还有一帮子人闹腾着想改名。上次有个姓李的女网友在QQ群中说自己的名字太俗，想改个有文化底蕴的，最好是用古诗词中的典故。可巧那天我正在读那首《莫愁乐》：

莫愁在何处？莫愁石城西。

艇子打两桨，催送莫愁来。

我脑中灵光一闪，于是打出三个字：李莫愁。

群中众人皆绝倒，公推为最佳候选名字。

夏夜聊斋

关于夏夜，周作人曾经翻译过一首日本俳句："夏日之夜，有如苦竹，竹细节密，顷刻之间，随即天明。"把夏夜比作苦竹，确实别开生面，但我并不喜欢这个精巧的比喻，没有别的原因，只是因为我不喜欢那个"苦"字。

夏天是一个多么令人喜悦的季节啊，怎么会和"苦"字扯上关系呢！你看漫山遍野都是蓊蓊郁郁的绿，树和草一起疯长，知了们在稠密的枝叶间卖力地鸣唱，孩子们穿着小褂子小背心在田间泥里翻滚，一幅多么生机勃勃的景象！

夏天的夜晚尤其好，西瓜在冰凉的井水里泡一天，捞上来一剖，丝丝的凉气便冲出来，吃上一块每个毛孔都觉得舒坦。绿豆粥熬得出了沙，喝一碗下去遍体生凉。人们吃完晚饭后，三三两两地聚在门前的晒谷坪乘凉，坪上铺了几床凉席，大人们坐在席子上，有一搭没一搭地聊着今年的收成。

小孩子们的屁股是坐不住的，我们要做的事情实在太多了，比如在人群中追逐，玩丢沙包的游戏，去田里抓青蛙和萤火虫等。不过，我小时候最爱做的是听村里的老人们讲故事。老人们大多没有念过书，认识的字也仅限于自己的名字，可是他们好像装着一肚子的故事。乘凉往往最后会变成赛书会，老人们的故事一个比一个讲得精彩。

记得村里有个五太爷，他的故事讲得特别好，堪称民间说书人，他能将一本《三国演义》倒背如流。那时，他每个晚上只讲一回，人们听得正入神的时候，他那边已经说出“且听下回分解”了。

小时候我总觉得三国的时代太遥远了，我更爱听慧奶奶讲发生在我们村里的故事。慧奶奶说的故事往往蕴含着一些道理，我最喜欢她讲述的是关于红毛嬷嬷的故事。这则故事说的是妈妈出门在外，红毛嬷嬷假扮外婆来敲门，一家三姐妹和妖怪斗智斗勇。如同中国所有的民间故事一样，大姐和二姐往往十分愚蠢，一早就被吃掉了，三妹则机智地打败了妖怪。后来，我读到《小红帽》才发现，原来慧奶奶讲述的红毛嬷嬷就是狼外婆的中国版本。

我们住的地方四面环山，山林中不仅有山鸡、野兔，还有野猪、麂子（野山羊），甚至还有豹子。住在我家对面的申大爷不止一次在乘凉时说过，有次他上山砍柴时，赫然看到山崖处横卧着一头豹子，他吓得扁担都扔了，连滚带爬地跑下山。后来，那处山崖就被命名为“豹子岩”，提醒砍柴人此处有豹子出没。

豹子的故事不知是真是假，黄鼠狼倒真的很常见。黄鼠狼常常叼走小鸡，主妇们简直与黄鼠狼有不共戴天之仇。于是，她们便会编排出许多和黄鼠狼有关的传说。比如，有人在后山遇见了月下修行的黄鼠狼，那黄鼠狼全身雪白，在皎洁的月光下从嘴里吐出一颗珠子。一头野猪突然出现抢走了那颗珠子，然后黄鼠狼便死了。

黄鼠狼只是令人讨厌，真正令人害怕的是“夜猫子”。夜猫子是我们那儿的方言，指的是一种十分凶狠的猛兽。据说这种猛兽常常在夜间出没，碰到哭闹的小孩就会叼上山。大人们常常用“夜猫子”来吓唬我们，谁一吵闹他们就说：“再吵当心夜猫子把你叼走！”

听得多了，我们当然不会再放在心上。没想到住在我隔壁的燕子，某天夜里真的遇到了它！那天夜晚她哭个不停，她的爸爸烦了就把她关在了门外，还吓她说：“让夜猫子把你叼走吧！”燕子是个倔强的小孩，在门外依旧哭个不停，她的父母铁了心放任她不管。很久之后，燕子的哭声忽然大了起来，还一边尖叫一边拍门：“夜猫子来了，夜猫子来了，快放我进去！”她的父母以为她在撒谎，没有理她。后来，她的妈妈越听越觉得不对劲，便将信将疑地给她开了门。

燕子尖叫着冲进妈妈的怀里，反手就把门锁上了。她的爸爸见孩子吓成这样，便疑惑地从床上爬起来，借着窗户的缝往外看。不看不要紧，一看他也吓了一跳，只见朦胧的月光下站着一头身形高大的动物，两只眼睛闪着骇人的绿光。那动物站的地方离他家不过数米，如果再晚一点开门，燕子可能真的会被它叼走。

燕子吓得不轻，失魂落魄了好一段时间。

第一次听燕子妈妈讲起这个故事时，别的小伙伴都吓得呆住了，只有我缠住她问个不休："你还没说明白呢，那夜猫子到底是什么动物，它是老虎呢，还是狼？"燕子妈妈被我问得烦了，让我直接问燕子去，可燕子一听"夜猫子"三个字就吓得瑟瑟发抖。

多年过去了，燕子夜晚看见的"夜猫子"究竟是什么，至今没有人清楚。不过，我觉得体型硕大，夜晚眼睛发绿的动物很有可能是豹子。

前年暑假回老家，我兴冲冲地想带小堂弟去门前的晒谷坪重温儿时的快乐，谁知八岁的他一点都不感兴趣。我问他："你没听过红毛嬷嬷的故事吗？"他打了个哈欠问："红毛嬷嬷是谁？

算了，你说的故事肯定不好听，我还是去看《熊出没》了。”

我只好看着他匆匆离去，我发现有了电视和手机之后，孩子们是再也没有可能体验到那种一边摇着蒲扇，一边听老祖母们讲故事的情趣了，口口相传的说书传统就此中断了。当然，极有可能是怀旧给我的回忆镀上了金光，那些故事可能并没有那么动人，那些夜晚可能也并没有那么美好。同样的夏夜，我记住的是蛙鸣、萤火虫和美妙的故事，发小燕子记住的则是讨厌的蚊子和热死人的天气，她无比羡慕现在的孩子们，因为他们一到夏天就能待在屋里吹空调。

到底哪种童年的滋味更美妙？我也不知道，我只是无端地觉得，老祖母们讲的故事，比起孩子们从书里和电视中看到的多了些人情的温度。

三小无猜

我们这个小区有很多小孩，每天都有很多小孩在楼下的空坪里尽情地玩耍。其中有三个小孩特别引人注目，一个男孩虎头虎脑，另一个男孩玉雪可爱，小女孩则总是咧着嘴笑。

他们仨每天形影不离，昨天我还看到两个男孩踩着辆小单车，小女孩在后面费劲地推着他们俩。我这个旁观者颇为她抱不平，她却仍然没心没肺地笑着。很多年以后，这段“三小无猜”的故事或许是他们最快乐的回忆之一吧。

郎骑竹马来，绕床弄青梅。也许我们每个人都有过自己的小青梅或者小竹马，看着在阳光下嬉闹的他们，我蓦地想起了童年时亲密无间的那些“竹马”们。只不过，我小时候刁蛮任性，没有这个小女孩那样崇高的奉献精神，所以我和他们的故事都是些打打闹闹的糗事儿。

在我四五岁的时候，我爸爸在一个偏僻的村庄教小学，有两个年纪和我差不多大的小男孩经常陪我玩，我们很快就成了“铁三角”。小勇是爸爸同事的儿子，比我要高半个头，长得就像年画中的招财童子一样白胖可爱，他胖乎乎的手背上有五个小肉涡，我总是忍不住拿手指去戳这些肉涡。别看小勇长得高，可完全是只纸老虎。小孩在一起难免会发生争吵，我小时候脾气暴躁，一言不合就会抡起拳头，小勇通常象征性地抵抗一下，然后就被我掀翻在地痛扁一顿。

有次我正骑在他身上揍他，他妈妈看见了就逗我说：“你还打，再打我就要帮他打你了！”我狠狠地瞪她一眼，心里有点怕，拳头却挥舞得更凶了。小勇一边“唉哟”一边哄我说：“媚媚你别打我了，再打我以后就不带你去摘橘子了。”摘橘子对我来说可是头等大事，一听说这个我就急了，连忙停下手一把扶起他，嘴里还嚷着：“我不打你了，可是你要说话算数啊！”

小勇脾气特好，刚还在哭着喊痛，一抹眼泪就又带我去摘橘子了。所谓摘橘子，其实就是偷橘子，因为橘子园被海军家承包了。海军是另一个小男孩，他长得精瘦精瘦的，理着小平头，很机灵的样子。说来好笑，虽是他家的橘子园，他却常常监守自盗，和我们两个狼狈为奸。

有一次趁着看园人不在，我们仨溜进了橘子园，摘了好多橘子，小勇和海军的口袋都装满了，我还用外套包裹了很多。正准备溜出去的时候，海军爸爸从天而降，吓得我们屁滚尿流。我们把橘子一扔撒腿就跑，可小孩哪跑得过大人，我们很快就被抓住了。海军爸爸板起脸把我们狠狠地训了一顿，训过之后却捡起散落在地上的橘子，让我和小勇带回家。

海军可就惨了，不仅橘子没吃到，还被他爸揍了一顿，并警告他下不为例。那时候的小孩远没有现在这样娇嫩，海军挨揍之后还是照样和我们玩，有时候还拿家里的橘子给我们吃。不过，从那之后我们确实没再去偷橘子。

四五岁时很多往事都模糊了，但我对学校旁边那座天桥还记忆深刻。那是一座气派的石桥，原本是大人们用来运水灌田的，无意中却成了小孩们天然的游乐场。石桥建在一个高高的坡上，十几米的斜坡全部铺上了平整的石板，一块连着一块，连接成了一个天然的大滑梯。我们觉得这可比幼儿园的那种小滑梯威风得多，也惊险得多。

我们仨常常手脚并用你争我抢地爬到坡顶，然后再尖叫着从坡上滑下来，比赛谁滑得最快。山风从耳边呼啸而过，我们感觉十分过瘾，至于危险之类的我们当时太小还没有那个概念。幸运的是，我们一个个都平安无事，从没有摔得头破血流过。

当时学校附近也有一些小女孩玩跳皮筋和过家家，可我通常不和她们一起玩，而是屁颠屁颠地跟在两个小哥哥后面，上山掏鸟窝，下河摸螺蛳，玩得不亦乐乎。呼吸着山野里的自由空气，我无拘无束地长大了，虽说没有去过迪士尼，没有吃过麦当劳，可我从来不觉得自己的童年有任何缺憾，也从未觉得自己“输在了起跑线上”。

可惜的是，我爸仅在那个学校教了一年，就调回了自己所在的村子，我就这样告别了我的朋友们。我那时候懵懵懂懂的并不觉得可惜，很快就有了新的朋友，并把他们忘到了脑外。读初中的时候，我又遇见了他们，小勇是我学长，海军和我同级。那时我们已成为初中生，男生女生之间泾渭分明，我再也没有和他们在一起玩耍过，甚至我们有时候见了面也不打招呼。我心中颇为惆怅，不知道他们是装作不认识我呢，还是真不认识我了。

后来再也没有小勇的音讯，我和海军倒还保持着联系，他现在已经荣升为孩子的爸了，巧的是他老婆正好是我初中同学。

我家里的相册中，至今还保存着一张张摄于80年代的黑白合影，最前面一排有三个小孩，小勇眉清目秀，海军黑黑瘦瘦，我拧着眉头一脸凶相。我不知道他们是否也保存着这样一张照片，如同保存着生命中最初最纯真的友谊。其实记不记得又有什么关系？至少我们曾一起笑过、闹过、快乐过，在那一去永不回的无忧岁月里。

捉只哼哼当宠物

小表弟最近养了一只苏格兰折耳猫，从此就自命为忠实的铲屎官，整天屁颠屁颠地伺候他至高无上的猫主子。他妈叫他，他只当没听见，那猫只需要“喵”一声，他就赶紧跑过去。

“一只猫而已，稀罕成这样！”我很瞧不上他这种德性。

“当然稀罕啦，我们可不像你们‘80后’连只宠物都没养过。”身为“00后”，小表弟向来拿我们这些“80后”和“90后”当老古董看待，至于他爸妈所代表的“70后”，在他眼中基本上属于出土文物了。

“谁说的，我们养的宠物稀奇着呢，保准你见都没见过！”和小表弟斗嘴是我乐此不疲的嗜好。

他果然被我勾起了好奇心，一个劲地追问：“到底是什么啊？”

“比如说……”我故意卖了个关子，其实是在记忆里搜肠刮肚，半天才挤出两个字，“哼哼。”

“哼哼？”小表弟将信将疑地看着我，似乎不太相信世界上有这么一种宠物。

“没听说过吧。”我得意扬扬地给他普及常识，“就是一种很好看的小虫子，能发出很动听的声音来。”

别以为我是在骗小孩子，在我们乡下，狗是用来看门的，猫是用来捉耗子的，都算不得宠物。我们这些出生于80年代的小朋友，自有许多稀奇古怪的宠物，“哼哼”就是其中一种。

当然，这种虫子远远没有我吹嘘的那么人见人爱，它只是一种普通的绿色瓢虫，长得有点像甲壳虫，但没有甲壳虫那种金色的斑点。它飞动的时候会发出类似于“哼哼”的声音，所以我们都叫它“哼哼”，或者说“轰轰”更为贴切，不过我至今不知道它的学名是什么。

哼哼虫一般在夏天比较多，因为它们喜欢吃绿色枝叶。仲夏草木长，这种虫子披着一身绿得发亮的外壳，隐藏在浓密的绿叶中。

我们通常会选择清晨去捉哼哼，因为这时它们吃饱睡足正处于志得意满的时候，它们藏在树上与成千上万的虫子们一起轰鸣，“哼哼、哼哼”的声音如雷贯耳。趁它们得意时，我们就蹑手蹑脚地走过去，以迅雷不及掩耳之势将它们抓走。

捉哼哼需要眼明手快，我眼睛虽明（那时还没近视），手却不快，没办法像其他孩子一样一抓一个准。有时怎么捉也捉不到，反而把满树的哼哼虫都吓跑了，只得恳求伙伴们捉到了分一只给我。最丢脸的事是哼哼没捉到，却捉到了打屁虫，这种虫子和哼哼长得很像，只要你一捉它，它就会在你手上留下很臭的气味。

哼哼捉到之后，我们就用线绑住它的一条腿，它当然不愿意被束缚住，于是就拼命往前飞，越使劲发出的声音就越大，我们就越开心。那种声音，可能是翅膀摩擦所发出的，不过我也不敢肯定。

孩子们喜欢比较谁的哼哼个头大，谁的哼哼声音响。真是看不出来，这种虫子看上去小小一只，却能发出那么铿锵的声音来。有的小伙伴把捉到的好几只哼哼都用线绑住，这些哼哼便一起振翅高飞，发出的声音可与微型轰炸机媲美。

接下来的一天，我们就会牵着这根线到处跑。大人们觉得很奇怪：这有什么好玩的呢？然而他们忘记了，他们小的时候也这样做过。

哼哼通常只能玩一天，到了傍晚，挣扎了一天的它就偃旗息鼓了。我们这时也玩腻了，就把这根线随意系在哪里，让它蔫头蔫脑地趴着，或者干脆解开线放它飞走。

除了哼哼，我们还养过蝌蚪。自从小学一年级学了《小蝌蚪找妈妈》的课文，我们都不约而同地迷上了去池塘里舀蝌蚪。

每年的春夏之交，池塘里的水一点点涨起来，一只只小蝌蚪就拖着长长的尾巴，在浅绿色的浮萍间游来游去，那样子看上去是那样无忧无虑。同样无忧无虑的我们，一个个趴在池塘边，用勺子或杯子争前恐后地舀着蝌蚪。蝌蚪游得很慢，比小鱼好捉多了，可是蝌蚪太脆弱了，用手捉很容易划伤它的大肚子，用容器舀却能一次舀到好几只。

我们的初衷是想观察小蝌蚪是怎样长出两只前腿，又长出两只后腿，然后一步步变成青蛙的，可小孩子没有那个耐心，才养了两三天便有人提议："不如我们来解剖蝌蚪吧！"我兴冲冲地表示同意，我妈听见后对我们说："你们把小蝌蚪解剖了，青蛙妈妈会很伤心的。"

我们在内心挣扎了一番，最后善良终于战胜了残忍，把小蝌蚪们放回池塘和它们的青蛙妈妈团聚去了。

除了蝌蚪，我们还养过蚕宝宝。我们把文具盒腾空，把蚕卵装进去，看着小蚕从里面孵化出来，又看着青灰色的小蚕一点点变得白白胖胖。上课的时候，大概有三分之一的小朋友都在盯着文具盒看，老师还以为我们变乖了，却不想我们的注意力全被文具盒中的蚕宝宝吸引了。课堂上一旦静下来，就会听见"沙沙沙”如同春雨击打树叶的声音，那是蚕宝宝们在啃食桑叶。

桑叶都是我们亲自去采的，因为大人采的我们怕沾有露水，蚕宝宝吃了有露水的桑叶会腹泻而死。大人们有时比小孩子还要残忍，我同学国栋养的蚕宝宝被他爸全部倒进了池子里，理由是他认为养蚕影响了国栋的学习。可我发现没了蚕宝宝，国栋还是一样在课堂上发呆，数学照样考三十七分。

我们养蚕享受的是看着它们长大的过程，至于后来吐不吐丝，结不结茧，我们倒不大在乎。毕竟，小孩子养蚕纯粹是为了好玩，不是为了让它吐丝。

和蚕宝宝一样备受呵护的还有鸟，小孩子最向往的就是能够捉一只鸟来当宠物。山里的鸟是很多的，有飞得很高的老鹰、大雁，有叫得很好听的黄鹂、画眉，有督促人们“播种插田”的布谷鸟，也有披着一身五彩羽毛的山鸡，还有可以飞上青天的白鹭，当然最多的还是常见的斑鸠、燕子和麻雀。

可是鸟儿都生着翅膀，小孩子没枪没箭，怎么能捉住呢？为了捉鸟，我们还学过少年闰土在雪地里捕鸟的样子。大雪天，我们用木棍架起一个簸箕，下面撒一把秕谷，木棍上一早就拴上了绳子，鸟儿来啄食时往下一拉就行。可惜等了半天，我们冻得半死，却连一只经过的鸟儿也没有，只得收拾好东西快快地回家了。后来想想，我们湖南的冬天，称得上“千山鸟飞绝，万径人踪灭”了，天寒地冻之下鸟儿们极少出来觅食，要是用这种方法捉到鸟纯属奇迹。

既然捉不到一只会飞的小鸟，我们就打起了雏鸟的主意。爬树掏鸟窝这种事，乡下孩子几乎都干过。一次，某个小伙伴在掏鸟窝时大丰收，收获了两枚鸟蛋外加一只嗷嗷待哺的小黄鹂。那小黄鹂身子光溜溜的，连羽毛都没有长出来，显然孵出来不久。它张着一张大嘴呀呀地叫唤着，一副饿坏了的样子。

生平第一次，我体会到了什么叫母性大发，想必几个小伙伴们也有同样的感受。我们小心翼翼地把小黄鹂连那鸟窝一起捧回了家，决定像对待心肝宝贝一样呵护它。小黄鹂享受到了至高无上的待遇，有人从家里偷来了金贵的小米，有人去泥地里挖来了蚯蚓，有人怕它不爱吃蚯蚓还特意去捉了菜青虫……小伙伴们轮番上阵，一个个拿出了母亲喂养初生婴儿的劲头，不停地往小黄鹂嘴里塞吃食。

这么精心喂养，小黄鹂一定长得很好吧！不，两三天之后，它就死了！死之前它的肚子胀得老大，估计是喂食过多被活活撑死了。

我们把它葬在葡萄藤下，还垒了个小小的坟。一群人学着电视里的样儿，在坟前默哀了几分钟，并将一束野菊花摆在了它的坟头。

几分钟后，有人提议：“不如我们去山上捉野兔吧，兔子比鸟好养多了。”

“好啊好啊。”我们前一分钟还沉浸在失去小黄鹂的伤痛之中，后一分钟就开开心心地往山上跑，边跑边喊：“捉兔子去啦！捉兔子去啦！”

小孩子的忘性真是大啊。

Chapter 3

那些不能忘记的温暖，
一直都留在记忆里

湖南米粉，天下第一

在网上看到一个帖子，名字叫“湖南米粉，天下第一”，也只有霸气的湖南人，才敢拟出这样霸气的标题！以前在湖南大学读书时，岳麓书院的大门两边就贴着一副对联：惟楚有材，于斯为盛。这对联和毛主席的红烧肉一样天下闻名，后来才知道，那个“惟”字是语气助词，这句话说白了就是楚地有才，斯处独盛的意思。可外地人不这么看，他们认为我们湖南人吹牛皮，“惟楚有材”是只有楚地出人才的意思。我们湖南人也懒得纠正，或许我们内心深处就这么想的也未可知。

回到湖南米粉的主题上来，如果说湖南米粉天下第一的话，桂林人肯定头一个不服，他们那儿的米粉早就完成了全国性的普及，并和沙县小吃、兰州拉面形成三足鼎立之势，成为小吃界的三巨头。同样不服的还有南宁人，南宁的螺蛳粉虽然闻起来又酸又臭，那滋味却让人品尝之后再难戒掉。不服的当然还有云南同胞们，试问一个中国人谁没尝过云南的蒙自米线呢？此外，贵州花溪的羊肉粉也不赖，光是那羊肉汤的香味就足以让人销魂。

不过，作为一个湖南妹子，我还是坚持认为我们那儿的米粉最好吃。没办法，童年的味道早在舌尖上打下了印记，小时候吃过的东西往往最让人怀念，长大后再美味的食物也难以与之媲美。

湖南人的一天，大多是从一碗鲜美香辣的米粉开始的。具体来说，湖南每个地方所吃的米粉都不一样，常德人爱吃牛肉粉，长沙人爱吃扁粉，衡阳人和郴州人爱吃鱼粉，我们邵阳人常吃的是木耳豆腐粉，如果说有什么共同之处的话，就是都重油重辣。在湖南，吃米粉前没有人会问你加不加辣，米粉端出来时里面早已放了很多油花辣子，连汤都呈现红色。

用大米磨制成的米粉都差不多，区别全在于浇头，我们那叫“臊子”。我小的时候，吃米粉只有一种臊子，那就是木耳豆腐。可能是由于那时物质还不够丰富，这两种东西相对常见也相对便宜。

卖米粉的铺子里，总是用铝制的大盆搁着木耳豆腐。黑木耳切成细细的丝，油豆腐也切成细细的丝，再拌上切得比头发丝还细的猪肉（量不多，顶多半斤，用来提鲜），放油锅里用猛火一炒，起锅前加几勺辣酱，就混合成了我们邵阳最经典的木耳豆腐臊子。

那时的米粉店总是格外简陋，连个厨房也没有，老板通常是一对夫妻，身兼店小二、清洁工、收银员、厨师等数职。店里只有四五副桌椅，门口架着一口大鼎锅，里面熬着汤。米粉是要现煮的，客人进了店，只需对老板交代一声吃大碗还是小碗，其他的不必多说。

客人话音一落，老板就揭开锅盖，随手拈起一把米粉放进去。米粉是事先用冷水泡软了的，只要煮一下就行。不一会儿，老板揭开锅盖，用漏勺捞出米粉，放进已撒了葱花的汤碗里，然后加一勺油花辣子，一勺木耳豆腐，一碗正宗的邵阳米粉就做好了。雪白的米粉浸在红通通的油汤里，上面还有一撮碧绿的葱花，光是看着就让人口水直流。从客人进门到米粉上桌，前后不过三五分钟，湖南人爱吃米粉，就是图它又快又便宜。

我读小学的时候，大碗米粉只要一块钱。即使如此，还是很少吃到，我妈为了省钱，一般只给我买三毛钱两个的包子或者六毛钱一碗的米豆腐。只有和爸爸上街时，他才偶尔带我去吃一次米粉。热气腾腾的米粉一端上来，我一边叫老板给我加点油花辣子，一边埋头猛吃。长沙人把吃米粉叫“嗦粉”，我可能“嗦”得太用力了，以至于我爸不得不轻敲桌面提醒我注意吃相。

二十世纪九十年代县城里刮起了一股回民食堂风，回族人不吃猪肉，他们只卖牛肉粉。回民食堂里的牛肉粉是以两计的，小份二两，大份三两，跟以前的国营食堂一样。可是，服务态度和本土米粉店完全没法比，但是即便如此，生意还是异常火爆。吃惯了汤清味鲜的本地米粉的顾客，突然吃到汤浓味重的牛肉粉，可能一下子惊为天人。

我家乡的人们见回民食堂的牛肉粉生意火爆，便有样学样地卖起了牛肉粉，可惜生意始终赶不上回民食堂。我记得读书时经常和朋友们去青龙桥那家回民食堂，三两牛肉米粉吃完后，还要再加两个糖油粑粑才能吃饱。

牛肉粉吃多了也会腻，前几年回家，老同学特意带我去吃最近兴起的杀猪肉米粉。以前我们吃的米粉都是盖码，也就是事先做好了码子（臊子），粉煮好后直接将码子盖在上面。杀猪肉米粉却是炒码，将当天现杀的猪肉边炒边下粉，等粉煮好了，杀猪肉也炒好了，用锅铲铲出来码在米粉上。

新鲜猪肉配上的米粉确实鲜美无比，我们每人吃了一大碗。稍微有点遗憾的是，现在的猪都是饲料喂养出来的，没有土猪肉那种纯正的浓香。当然，米粉店的老板绝不同意我这一说法，毕竟每家米粉店的招牌上都用红通通的大字显眼地写着“本地土猪”。

家乡的外出务工人员回家第一件事往往就是去吃米粉，一碗放满了油花辣子的米粉下肚，才算找回了回家的感觉。

我在广东工作时，每吃一次米粉就会对某人念叨："这个没有我们居委会的米粉好吃！"听得多了，他对居委会的米粉都产生了浓重的好奇心。

前年过年回家时，我们在高速上足足堵了二十个小时，这么长时间我们就吃了一点面包，早就饿得前胸贴后背了。到了镇上，他提议说："不如先去居委会米粉店吃碗米粉吧。"我欣然点头。

居委会米粉店和我记忆中大不一样了，已经改名为"居委会酒楼"，门面阔大，桌椅锃亮，装潢得相当气派。

见我们进去，迎上来的不是熟悉的胖胖的老板娘，而是一个穿着制服的店小二，他问我们："两位吃点什么？"

我犹豫了下说："就来两碗米粉吧。"

"那请问要吃什么臊子的？"店小二往后一指，顺着他手指的方向，我看到墙壁上挂了很多牌子，上面写着各种粉码，有大片牛肉、红烧牛肚、小炒猪肝、酸辣鸡杂、爆炒腰花、原味三鲜、干豆角炒肉、雪里蕻炒肉末、新鲜杀猪肉……

我看得眼花缭乱，本来想图简单吃个米粉，谁知道居然犯了选择恐惧症。某人点了个大片牛肉的，我则干脆问："有没有木耳豆腐粉？"

“没有。”店小二更干脆地回答，“本店出售的米粉档次比较高，没有那种臊子。”

我只好随便点了个三鲜粉，当然价格也不低，居然要十二元。某人的大片牛肉粉先上，他吃了几大口，忽然停下来对我说：“很普通嘛，哪有你说的那么好吃。”

我不大相信，等我的三鲜粉上来，我闷头吃了半碗，就把筷子搁下了。他问我为什么，我郁闷地表示：“根本不是那个味嘛！”某人忍不住促狭地笑了。

坐在这高大上的所谓精品米粉店里，我却无比怀念多年前吃过的那碗木耳豆腐粉，黑木耳切得细细的，油豆腐也切得细细的，那么平常却又那样美味。

靠山吃山

我们那一代人的童年，说穷是真穷，五分钱一个的棒棒糖都买不起，可即便这样，我们也并不觉得物质匮乏，因为我们能够从大自然之中得到丰厚的馈赠。俗话说，靠山吃山，田间山里藏着许许多多可以吃的东西，和村头小卖部的零食相比，它们有两个优点：一，不用花钱；二，吃完了又会长出来。真可谓取之不尽，用之不竭。

春天的时候吃“刺根”，也就是野蔷薇的嫩枝。野蔷薇大概是乡间最常见的植物了，田间屋头一大篷一大篷的，开着粉白色的小花，枝上有小刺，会扎手。农人嫌它没用，秋冬锄地时会顺手锄去，但这种植物的生命力惊人，很快又长了出来，只要它不长在田里，农人就随它去了。

春天到了，野蔷薇和我们孩子一样换上了鲜亮的春装，开始抽嫩芽了。这种浑身是刺的植物，长出来的嫩枝却没有一点刺。

我们在田间漫游，见到有丛野蔷薇就扑过去，绕过它枝条上的刺，小心翼翼地折下它的嫩枝。有的小孩性子急，折了一根就赶紧往嘴里送，我总是要等到采了一大把，才找块大石头坐下来慢慢吃。这些嫩枝得去掉叶子，剥掉皮，才可以吃。刚刚长出来的嫩枝汁液饱满，满满的水分里含着一点点甜，我们就是贪恋那点清甜。

吃“刺根”的时间很短，因为嫩枝稍一长大就变得又老又硬，没有办法入口了。除了这种“刺根”外，我们还吃过茅草根。白茅草抽穗时连根拔起，用手将根上的泥巴捋去，就可以放进嘴巴里嚼了。茅草根虽然没什么水分，甜度却在野蔷薇的嫩枝之上。我们总是稍微嚼一嚼，尝点甜味就迅速吐掉了。

春天的野花也是可以吃的，映山红开的时候可以吃映山红。我外婆家附近漫山遍野都是映山红，一大片一大片开得喜气洋洋，那种红色是最最纯正的火红色，灼得人眼睛生疼。野生映山红的花可以直接吃，入口酸酸甜甜的，我们通常吃几朵花就不吃了，毕竟这东西一多就不稀罕。

茶子花开的时候，可以吃茶花蜜。茶子树又叫油茶树，是一种矮矮的灌木，叶子油绿。茶子花的花瓣丰厚，像一只小小的碗，碗底的花心里积蓄着浅浅的蜜。我们就将嘴巴凑过去，埋头去吸那一点蜜。有些小孩用吸管往花蕊里一插，就能准确无误地吸出蜜来。那是货真价实的茶花蜜，没有掺过任何水分，香甜中还和着露珠的清凉。

花落尽之后，大大小小的茶子便长了出来，大人们把它看得很金贵，因为茶子可以炼出昂贵的茶油。我们小孩却只爱茶苞，茶苞有两种，一种是果实，高悬于枝头，掩映在茶子之间，大小如小孩的拳头。这种茶苞很少，有人发现了便会奋力爬上树摘下那小灯笼似的茶苞。

我曾有幸摘到一个，连树都顾不得下便坐在树上将茶苞那一层淡黄色的表皮去掉，三口两口吃掉。茶苞虽然大，肉却很松软，吃了一大个只觉得满口清香，具体说不上什么滋味。

还有种茶苞长在较矮小的灌木丛里，不用费那么大的劲去摘，不过找起来更为困难。这种茶苞外形酷似茶树叶，只不过较肥厚，刚长出来是淡红色的，味道比较苦涩，只有特别馋的小孩才会摘了吃。茶苞随着长大会慢慢变白，完全成熟时会通体全白，活像用白玉雕琢而成，味道也会由苦转甜。

因为茶苞的难得，寻觅的过程颇类似于“寻宝”，所以小孩们一谈到上山摘茶苞都兴趣盎然。摘到茶苞的巨大喜悦，我至今难以忘怀，说到滋味，只能说“很好吃”，可是到底好吃到什么程度，已经不记得了。

夏天是孩子们的最爱，不仅因为有长达两个月的暑假，还因为可以吃到乌莓。乌莓可能就是鲁迅笔下的覆盆子吧，它的枝条上也长满了刺，所以又叫刺莓。我们方言里叫“乌泡子”。

乌泡子长得有点像草莓，但比草莓个头小多了，味道也甜多了。它刚长出来时是青色的，等它从青色变成黄色，又从黄色变成红色才能吃。乌泡子是孩子们最喜欢的野果子，贪嘴的孩子往往等不到它成熟就去采摘了。五六月时，孩子们顶着大太阳满世界跑，就是为了去摘乌泡子。

我记得奶奶有次干农活回来，摘了好多乌泡子，没有东西装，就用衣襟兜好，带回来给我。我把那捧乌泡子放在小碗里，一次捏起一小颗慢慢地吃着。中途忽然想起奶奶，于是捏起一小把乌泡子，非得塞进她嘴里。

乌泡子的味道远胜于草莓，它的甜里面混合了一点酸，那点酸恰好中和了它浓郁的甜，那滋味让吃过的孩子念念不忘。现在我们回家看见路边长着乌泡子，仍然会像小时候一样奋不顾身地去摘。上次回家，老朋友特意邀请我去他们那儿，说那里有一座山长满了乌泡子，我听后二话不说就去了。

夏天很快过去了，最后一茬乌泡子也吃完了，不过没关系，山里又有毛栗子可以摘了。毛栗子是秋天大自然的恩赐，它比乌泡子少见些，也更难采摘一些。毛栗子就是野生小板栗，当然比板栗长得小多了，毛栗球顶多只有初生婴儿的拳头那么大，里面的毛栗子大的不过小拇指盖那么大，用我们乡下的话说，真是“毛多肉少”。

毛栗子总是长在深山老林里，要费很多劲才能找到。就为了那么一点“肉”，我们不惜翻山越岭，找到一丛毛栗树甚至比考试得了一百分还要高兴。

毛栗子不仅找寻起来困难，吃起来也很麻烦，它浑身是刺没办法当场吃，只能连枝一起折回去。吃的时候得用石头把毛栗球砸开，剥出里面的毛栗子，再去掉包裹在外的栗壳。新鲜毛栗子的味道比板栗要甜一些，水分也要更多。我最喜欢的吃法则是把毛栗球一个个埋进柴火灰里，数十秒之后就赶紧挖出来，然后冒着手指头被烫伤的危险赶紧剥开。毛栗子加热之后又香又甜，但注意不要用明火，否则毛栗子会在火中爆开，那就太浪费了。

这么麻烦的东西，为什么还要费这么多功夫去吃呢？因为它实在很好吃啊，我敢担保，比你吃过的任何板栗都更好吃。

除了毛栗子，还有一种叫“秧李子”的野果子味道也很美味。不过，这种野果的出产时节我记不清了。秧李子极为少见，只有小拇指那么大，我总共只吃过两三次，记得味道比家里种的李子好很多。大概野生的东西都比种的要好吃，一是纯天然无污染，二是实在来之不易。

冬天天寒地冻，别说野果子了，连只野鸟都难得看到。我们只有坐在灶边，烤着自家挖的小土豆，吃着奶奶晒的红薯干，望眼欲穿地盼望着春天到来。春天来了，我们就可以去折刺根了，接下来就是茶苞、秧李子、乌泡子和毛栗子……它们可能也在迫不及待地等待着春天的到来，以便将酝酿了一个冬天的果实奉献给我们。

味蕾上的乡愁

第一次在异乡过年，终于切身体会到了什么叫“每逢佳节倍思亲”。看不到父母亲切的笑脸，听不到响个不停的鞭炮声，这个年过得异常冷清。除夕晚上，和同事们一起聚餐，面对满桌的佳肴，突然特别想念妈妈做的年夜饭。那一缕从味蕾上产生的乡愁，一直萦绕不去，异乡的春节少了故乡的各种美食，变得如此淡而无味。

小时候物质匮乏便总是盼望过年，因为过年时就会有各种美食可以尽情享用了。小年之前，家家户户便开始准备年货。乡下人的年货很简朴，无非是自家打点糍粑酿点甜酒。小孩们最喜欢的便是打糍粑的这天了，家里的主妇将一锅热腾腾的糯米饭倒进石臼中，男人们就拿起木杵使劲捣弄起来。在浓浓的糯米香味中，小孩子乐得咧嘴直笑。糍粑通常要被精心地捏成圆形，然后在中心处点一个红点，代表着过年的喜庆。过年的那段日子里，柴火灶上便常常煨着一个糍粑，等到它变得白白胖胖时，便往里面塞一块黄糖继续加热。

甜酒又称醪醩，是以糯米为原料酿制而成。我奶奶酿的甜酒味道特别醇厚，后劲也足。她煮甜酒有独家妙方：将糍粑切成条形放入甜酒中一起煮，加一勺红薯粉，起锅时再打一个鸡蛋下去。米白色的甜酒盛在瓷碗中，红薯粉已凝结成晶莹的小颗粒漂浮其中，再配上淡黄的蛋花，别说滋味了，光卖相就已让人流口水了。我小时候酒量小还特馋甜酒，一两碗甜酒下肚，小脸便是一片酡红了。我七八岁时喝了两碗甜酒有点飘飘然，刚拿着碗说了声“奶奶，上甜酒”，便已经趴在桌子上打起了呼噜。

腊月二十七左右，村里人便开始杀年猪了。一只只肥壮的猪被摆在门板上，叫得声嘶力竭。随着白刀子进红刀子出，它马上停止了哀鸣，小孩们这时便会将装猪血的盆捧回家。猪血是个宝，用猪血做成的猪血丸子是我们邵阳著名的特产。猪血丸子是用猪血、豆腐、肥肉等制成，原料无不微贱，混合在一起却烹制出了难以言喻的美味。

不过，我更喜欢吃的却是猪血糯米肠。这种食物应该是我家的专利产品，至少长这么大我从未在其他地方吃过。猪血糯米肠的制作程序极为繁杂，爸爸妈妈用筷子将拌了猪血的糯米使劲塞进小小的猪肠中，塞进去一段后，便用线密密地扎好，做几小节香肠就要费大半天的功夫。全部做好后还得放到灶上去熏烤，好几天才能竣工。我们家经济情况好转后，任凭我再三央求，爸妈也不肯费时费力做猪血糯米肠了。

湖南过年时还有一种极具特色的食品——黄炸肉，简称黄炸，我们乡里又叫油坨子。这种食品和肉基本上没啥关系，不过吃多了也会感到油腻。我们家做黄炸肉总是在腊月二十九的夜晚，我和弟弟守在电视机前，爸爸守在麻将桌前，妈妈和奶奶则架起一口油锅炸制黄炸肉。她们将磨好的糯米加入面粉、鸡蛋、花生、肉等多种配料均匀地搅拌在一起，待油烧得滚热时，用筷子夹起一个个面团快速地放进去，面团在油锅中欢快地翻滚片刻后便用漏勺捞出。炸好的面团黄澄澄的，所以美其名曰“黄炸肉”。黄炸肉入口酥香，只有过年时才能吃到，在我心中黄炸肉的味道就是过年的味道。

除了黄炸肉外，老家年夜饭的另一主角是膀头。我拿不准这个字的读音，只因为长得像一个红烧蹄膀，姑且叫它“膀头”吧。膀头是用一整块猪皮油炸而成，制作手法类似于扣肉，只不过它是四四方方的一大块，制好后完整地蒸熟，不需要切块。膀头和黄炸肉一样，估计也属于全国独一份。不管是广东的扣肉还是四川的烧白，都是切成一块块的，只有我们那的膀头是整块上锅蒸的，底下垫的也不是芋头或者梅菜之类，而是一大碗加了辣椒粉的白煮肉。

膀头蒸好后要趁热先吃皮子，膀头皮已经蒸至稀烂，只要轻轻一夹就会四分五裂。上等的膀头皮焦黄微皱，下面只有一层薄薄的肥膘，入口即化，肥而不腻。我一个人几乎能吃掉三分之一张膀头皮，每到这个时候，妈妈总是担心长肉让我少吃点，爸爸则给我夹上一大块，说："这个不怕，是用猪皮做的，吃了能补充胶原蛋白！"

就此打住，再回忆下去我就要流口水了。

三月三，地菜煮鸡蛋

在很久以前的唐朝，农历三月三还被称为“上巳节”。忧国忧民的杜甫，就曾在诗中描述杨贵妃和她的姐妹们出游的盛况：“三月三日天气新，长安水边多丽人。”

一切节日随着时间的流逝都变得世俗化，并渐渐沦为“吃节”，除了特定食品，大多节日已失去先前所内含的文化意蕴。在我们家乡，正月十五吃元宵，端午吃粽子，中秋吃月饼，重阳吃鸭子。三月三，则是地菜煮鸡蛋。

也许是以前农村物资匮乏，鸡蛋便成了金贵的营养品。女人生养后，婆婆必亲手奉上一碗红糖水煮鸡蛋，以示慰劳；送别英勇的红军时，乡亲们也会拿出积攒了多日的鸡蛋。就连现在，留守在农村的母亲送别外出打工的子女时，还是忍不住将煮熟的鸡蛋塞进他们的背囊。

当然，三月三的煮鸡蛋之妙处不在鸡蛋，而在地菜。

地菜学名荠菜，是湖南农村一种常见的野菜。春暖花开时，家乡的田间垄上，随处可见大片的荠菜，那种绿色嫩得似乎能掐出水来。三月三那天，青绿的荠菜中时不时可见星星点点的小白花。辛勤的主妇们一手挎着柳条筐，一手拿着小镢，就到田里去挖荠菜了。

眼明手快的巧媳妇们，一般会瞄准那些处于含苞欲放状态的荠菜下手。因为一旦开了花，荠菜的味道就会大打折扣。

我很喜欢吃奶奶做的地菜煮鸡蛋。奶奶的烹饪手法极简单，先将地菜择其鲜嫩者下锅连带壳鸡蛋一起煮，待到鸡蛋凝成固体状便一一捞出，然后轻轻敲碎一端的蛋壳放入锅中再煮，五六分钟后便可食用。地菜的清香这时完全融入鸡蛋中，吃起来鲜香可口，别有一番风味。

通常奶奶会盛一碗地菜汤给我喝，地菜有一种淡淡的苦味，小时候的我特别怕吃苦的东西，总是央求奶奶加上一勺白糖。现在想来，真是辜负了地菜本身的美味。

地菜被誉为“菜中甘草”，中医学认为：地菜味甘、性凉，归肝、脾、肾经，有和脾、利水、止血、明目等效用。地菜食用方法很多，可拌、可炒、可烩，还可用来做馅或做汤，是一道药食同源的美味佳蔬。当然，奶奶不知道地菜有如斯功效，也不清楚它有如此多的食用方法，她只是朴素地遵从着祖辈传下来的风俗，小孩在三月三这一天就要吃用地菜煮出的鸡蛋。所以，那时候我畏惧地菜的清苦不愿意吃鸡蛋，她总是毫无原则地往我的汤碗里加白糖，以求我速速下咽。

我一直在外学习工作，已有多个三月三未曾吃过奶奶煮的地菜鸡蛋了。想必在遥远的故乡，她在这天又精心煮好了鸡蛋。当她闻到地菜的清香时，必然会想起在外工作的我吧？

说到三月三的地菜煮鸡蛋，我又想起了一个多年以前的老朋友。

我在邵阳读书时有一个特别好的朋友叫阿香，她有一双乌黑发亮的大眼睛，而且这双眼睛中总像汪着水一样，看人的时候特别温柔。我俩住在一个寝室，床铺紧挨着，每天我俩都同进同出就如连体婴儿一般。

有一天她出外游玩，回来时塞给我一个尚有余温的鸡蛋。这时，我才知道那天是三月三。阿香的家境并不好，平常连零食都舍不得吃，却在街头买鸡蛋时，不忘给我买一枚。她给我的鸡蛋是在路边摊买的，也许味道不及奶奶煮的正宗，但是我吃在嘴里却觉得那么美味可口。

那些温暖过我的人和事，如今想来恍如昨天。可惜，我和阿香已多年不曾联络。如今，她可能已为人妻为人母了吧？或许，在这个三月三，她正为她的夫君和小宝贝煮饱含着浓浓爱意的地菜鸡蛋呢。

有人说，朋友是分阶段的。我却宁愿相信，即使我们远隔天涯，也不至于相忘于江湖。我仿佛看到阿香抱着一个粉嫩的婴儿，正细致地喂他吃地菜鸡蛋呢，她的脸上依然带着甜甜的笑容，看人的眼神依然温柔可亲。

陌上花开

一千多年前的一个春天，江南草长莺飞，桃花似火柳如烟，吴越王钱镠给他的爱妃写信：陌上花开，可缓缓归矣。这可能是史上最美丽的一句情话。都说好的诗句能在尺幅之间见千里之势，这一句短短的话铺展开了一路烂漫春光。试想繁花似锦，一路踏花归来，看梅桃杏梨次第开，路的尽头站着期待与你共赏美景的爱人。这时，纵使已是开到荼蘼花事了，心头必然也有余香芬芳。

有人说中国古代的人比现在的人懂得享受生活，我觉得有几分道理。我们如今每天被钢筋水泥包围，被名缰利锁束缚，往往在四季流转时变得麻木不仁。最近我喜欢上了读宋词，并发现了一个风雅的词人——陈与义。著名的“长沟流月去无声。杏花疏影里，吹笛到天明”便出自他之手。我发现他有一句诗与钱镠的话有异曲同工之妙，这句诗是“今年何以报君恩，一路繁花相送到青墩”。不过一为迎，一是送。比较起来，缤纷的烂漫山花路更为绚丽馥郁，而开满荷花的江南水路则更为清丽梦幻。

我在一个山清水秀的小山村长大，那里屋前都种着几棵桃树。不管文人们如何批判桃花轻薄无行，它始终是我的最爱。桃花的美是家常的、亲切的，带一点喜气洋洋的人间烟火气。桃花在南方随处可见，所以金庸笔下的黄药师居住的地方只能是桃花岛，而不会是菊花岛、牡丹岛。初次读陶渊明的《桃花源记》便觉得亲切无比，后来我才发现自己所住的这个四面环山的小山村，不正像文中那个“落英缤纷、芳草鲜美，土地平旷，屋舍俨然”的桃花源吗？

李花可能是最普通的花了，同样是白色的花，梨花白得晶莹剔透，汪曾祺曾说“梨花的瓣子是月亮做的”，杏花白得妖娆多姿，试着把“杏花春雨江南”替换成“李花春雨江南”，就会知道这两种花的品格与气质完全不可相提并论。人们常常以桃李并称，可能李花完全是为了衬托桃花而盛开的吧。李花不如桃花好看，李子的味道也不如桃子，李的风头完全被桃盖过了。可是，李花并不自卑，照样拼尽全力去盛开，开得热热闹闹，将白色繁密的花朵缀满枝头。

油菜花在村中随处可见，我们那儿属于丘陵地带，梯田上种满了油菜花。暮春三月，油菜花都开了，一层层梯田一层层花开，层层叠叠的金黄是那样繁盛，那样亮眼。油菜花最招蜜蜂，如果走进花田之间，会听到一阵嗡嗡的响声，那是成群结队的蜜蜂在忙着采蜜。真没想到，这种我们小孩子都无心去采摘的油菜花，多年后竟然成了花中的网红，很多人不远千里远赴青海，就是为了与青海湖畔的油菜花合影。

和油菜花一同盛开的还有苕子花，这种花美极了！纤细的花枝高高举起，托举起一朵朵淡紫色的小花，花上还有点点黑斑，轻灵美丽得宛如一只只紫色黑斑的蝴蝶。这种花和油菜花一样是种植在田里的，开放的时候，田间就像被铺上了一张绿底紫花的天然锦缎。每逢苕子花开，我总被它的美震撼，同时为如此美丽的花却有一个如此俗气的名字感到遗憾。很久以后，我才知道，它其实拥有一个美得不可方物的学名——紫云英。

如此美的苕子花，充当的却是花肥的角色。村人犁田时，会用犁将它翻到泥底，这一大片锦缎就这样被犁到泥底。如今的乡间，已经很难见到苕子花的身影了。田地荒芜得太多，即使有人种田，也不再费心播种这种花肥。紫色蝴蝶花海的盛况，从此不复多见了。

芍药在我们那儿是被当作经济植物栽培的，有的还没开放便被小朋友们摘了回家插在装有清水的玻璃瓶里。插在清水中只需几天它便开得蓬勃无比，紫色的花盏托着中间金黄的花心，显得富贵非凡。小孩子喜欢的花还有指甲花，也就是凤仙花。印象中只有慧奶奶家后面种了几丛，我们常偷偷摘了将花瓣捣碎，用花汁将十个指甲都染得红红的，有些爱美的小姑娘，连脚指甲也一并染红。

至于鸡冠花、节节高之类，也是某些人出于爱好才会种植。我一度以为节节高是世上最漂亮的花。小时候爸爸从外地带回一盆兰草，开出黄色淡雅的花朵，我见后十分喜欢，可惜不久就枯萎了。

当然，山里的野花也不少，比较常见的是映山红，学名叫杜鹃。有些山头上开满了映山红，前文我已说过这种花还可以吃，味道微酸。山里还有一种俗名叫老虎花的野花，它的花朵硕大，颜色像黄白相间的老虎斑纹，不过据说摘了会烂手，所以很少有人摘。老虎花可能是我们那儿特有的，后来我游历过一些名山大川，却没在其他地方见到这种野花。

到广东后，我发现这里的人们过年前会去花市“行花街”，买年花。我也去过几次，在那里花很少的钱就能抱回几盆花草。花市的花真是应有尽有，我终于见到了山茶、红梅、牡丹、蝴蝶兰、日本海棠等。

广东人最爱买的年花是桃花，为的也是那份喜庆。他们的桃花是在温室里养育的碧桃，买回家养在盆子里，没几天就变得恹恹的了。我所熟悉的桃花，还是在那田间山头开得灿烂的山桃花。

陌上花开，始终是我心中最美的景象。陌上就是田间，春天到了，田间阡陌的花都开了。如果有一天，我能从容地走上那一条鲜花盛放的道路，细细地观赏那桃红李白，那将是多么富有诗意的旅程啊。

我只能憧憬着有朝一日不再为稻粱谋，在山顶盖一间小屋，晚来听听松涛，晓来听听莺啼，待到春来桃花红，我在那花丛之中，喝点儿小酒，读点儿古书，写点儿小诗。

桃花依旧笑春风，也许，我缺少的正是那缓缓看花归的心情。

在那丛花乱树之间

新房子装修了大半年，前几天去看，墙壁上的裂缝居然又多了几条。气愤之下去找物业理论，对方答应出钱出力帮忙补墙，只是房子里又要添一股油漆味儿。这下又得拖一阵才能搬家了，我这么想着反而松了一口气。

我并不是很想搬到新家去住，因为那对我来说并不是个理想的住所。当时买下它，是因为看房子看得疲倦了，而且看来看去，那些房子跟我向往的家基本上都不沾边。

说到理想的住所，很多人都会想到海子那句“面朝大海，春暖花开”。我所居住的城市没有海景房，只是在旅游时住过海边的酒店。清晨起来，拉开窗帘，迎面就是碧蓝的大海，这样的景色的确令人心旷神怡。可是我疑心在海边住得久了，会不会嫌这蓝色太单调？我的童年生活中没有大海，所以对海缺少感情。

我是在山村长大的，幼时读到“远上寒山石径斜，白云深处有人家”这首诗，就会想到我住的地方。可惜，我们那儿的山水称不上秀丽，小山们一个个挤在一起，山上既无清泉小溪，也无名花异草，只有成片成片的松林。

我小时候常常和小伙伴一同上山捡松枝、采蘑菇，在大山里度过了无忧无虑的童年。长大之后，我见了山便感觉亲切，去峨眉山玩时很想在那里搭一个草棚和明月清溪做伴。

是的，我想有一间山顶上的房子。不需要多么华丽舒适，但一定要建在高高的山顶上。清晨，第一缕阳光会照在我的枕上，夜晚，我抬头便可仰望星辰。我的那个他总会在我恰好想他的时候来敲门给我送花，春天是山桃，冬天则是红梅，他知道我俗气，连花儿也只爱看起来喜气洋洋的。

周围到处是这样的房子，人们在阳光底下自由自在地生活，鹤发童颜的老人在河边垂钓，穿着红肚兜的胖娃娃把南瓜当成车轮推滚，美丽的姑娘跳起胡旋舞，快乐幸福在这里的空气中飘荡。

少时读武侠小说，那些得道高人似乎都是住在山上的，有时候失足坠下悬崖还能练就绝世武功。受此影响，我常常盼望有这样的奇遇，可惜我们那儿的山太矮，连可供失足的悬崖都找不到。

如今侠士早已绝了踪迹，隐士还是有的。美国汉学家比尔·波特在他的《空谷幽兰》中就写了这样一群隐士，他们住在终南山上的山洞中，过着极其简朴的修行生活："在云中，在松下，在尘廛外，靠着月光、芋头和大麻过活。除了山之外，他们所需不多：一些泥土，几把茅草，一块瓜田，数株茶树，一篱菊花，风雨晦暝之时的片刻小憩。"

隐士生活自然不像这个作者描写的这样超凡脱俗，事实上，他们如果不劳作，纯粹依赖他人的施舍，恐怕会有饿死之虞。况且，我受不了离群索居的这份清寒。相比之下，我更喜欢做陶渊明那样自食其力的隐士，虽然有时不免辛苦，偶尔也会因为收成不好而烦恼，但至少能够换得一份心安。

陶渊明的托身之处正是我向往的住所，有草木相伴，"榆柳荫后檐，桃李罗堂前"，有鸡犬相闻，"狗吠深巷中，鸡鸣桑树颠"，既清静又不失人间烟火味。农闲之时，还能和老农们把酒话桑麻，如果有这样的寄居之地，何必再去寻找桃花源？陶渊明的诗就像他的人一样，妙在有人情味，绝不一味枯寂。

可能有人会说，既然你这么想住在山里，那就回老家吧。唉，我是在离开老家之后，才慢慢体会到山居岁月的可贵。如果说大海总会激发起人去远航的欲望，那么相对封闭的山居环境往往会让人变得淡泊而单纯。因此，"不知魏晋"的桃花源只能是在山中，不可能在海边。

《聊斋》中的婴宁就是在山中长大的，婴宁是我百读不厌的篇章。婴宁所居之地，“乱山合沓，空翠爽肌、寂无人行，止有鸟道。遥望谷底丛花乱树中，隐隐有小里落。下山入村，见舍宇无多，皆茅屋，而意甚修雅。北向一家，门前皆丝柳，墙内桃杏尤繁，间以修竹，野鸟格磔其中”。推门而入，“见门内白石砌路，夹道红花片片坠阶上，曲折而西，又启一关，豆棚花架满庭中。肃客入舍，粉壁光如明镜，窗外海棠枝朵，探入室中，裀藉几榻，罔不洁泽”。

只有在这样幽雅绝俗的环境中，才能孕育出那终日憨笑的婴宁吧！后来她离开了山谷，跟随王子服来到尘世之间，慢慢就再也不像以前那样爱笑了。她的笑容，已经遗落在那丛花乱树之间。

打猪草、看瓜、摘黄花

打猪草

乡下孩子放学回家的一大主业就是打猪草，做作业反而成了副业，家长们那时关心猪草的多寡往往胜过关心作业完成的质量。

打猪草是一项热闹的劳动，吃过午饭日头不那么毒辣的时候，只要有人高呼一声：“打猪草啦！”孩子们便会一呼百应地跑到院子里集合，手臂上挎着筐子，筐子里放把镰刀，一个个充满斗志地奔向广阔的田野。

劳动是需要天赋的。有些孩子眼明手快，瞄准了一块猪草茂盛的宝地，马上跑过去手起刀落，很快就会消灭一大片，等后来者赶到时，猪草基本上被他们消灭得差不多了。女孩子喜欢各自占据一地边说笑边劳动，男孩子却喜欢玩些花招。他们常常钻到别人稻田里去割田里的杂草，有大人来驱赶时，他们便泥鳅一样溜出稻田。水性好的男孩会到池塘边割水草，塘里有种叫“浮根草”的植物有点像空心菜，枝枝节节的，在水里连成一大片。有次我眼馋学别人去割浮根草，一不小心掉进了水里，幸好水不深，不过溅出的泥浆却把我弄成了泥猴。

往往筐子才装了一半猪草，劳动就已演变成嬉闹。大家在草地上翻跟斗、斗牛、追逐、笑闹，直到太阳快落山时才再次投入紧张的劳动之中。我小时候又懒又笨，筐子里猪草总是装不满，几个和我玩得好的小伙伴就把自己打的猪草匀给我。可是，有时候加上他们的还是不够，有个叫小卫的男孩给我出主意，让我用两根小木棒架在中间，上面薄薄地盖层猪草。我照他说的做了，这个馊主意差点给我带来“笋子炒肉”（痛打一顿）。

现在的猪都改吃饲料了，猪草也无人再采集，每次回家时看见那大片大片的猪草我心里就忍不住感到可惜。吃着饲料长大的猪们不知是否会想念纯天然无污染食品，不过即使想念，它们也吃不到了，变得娇贵的乡下孩子已经不打猪草，改打电子游戏了。

看瓜

作为一个馋嘴的乡下孩子，我小时候最羡慕的就是看瓜人。

夏天西瓜快要成熟时，看瓜人就住进了临时搭的棚子里。棚子很简陋，用几根木头支起一块大塑料布搭建而成，棚子四面透风，中间搭一个凉床。看瓜人躺在棚子里眯缝着双眼哼着小曲，饿了渴了就摘个顶好的瓜剖开，吃个肚皮滚圆。

一年夏天，我三爷家种了瓜田也搭了瓜棚。一个夏夜，循着微风送来的瓜香，我不由自主地走到了三爷的瓜棚前。看见我，三爷兴致很高地说起了评书，一直从杨六郎亲征说到了穆桂英挂帅。我平时也是个爱听故事的，这会儿却魂不守舍地看着瓜棚边的西瓜。说完了故事，三爷可能也渴了，牵着我的手说："小毛头，三爷带你摘个瓜来吃。"三爷来到地里，敲敲这个瓜，走开，敲敲那个瓜，又走开，我急得不行。他敲来敲去最后选了个挺小的瓜，看着就觉得发育不良，我不禁嘟起了小嘴。三爷捏捏我的脸说："小毛头你不知道，三爷可特地选了个最甜的瓜。"说话间他已把那个瓜剖开，好家伙，红通通的，居然是个沙瓤的！三爷拿起一块瓜，自顾自地咬一口，逗我："你要不要吃？要吃就叫声好三爷。"我看着那又红又沙的瓜，咽了一口又一口口水，可就是不好意思叫出声，脸都急红了。三爷看着我的样子乐得哈哈笑，他大方地递给我一大块西瓜，我急忙接过来咬了一大口，真甜！

我家的田埂上有一年居然长出了野生的西瓜秧。我每天拿小桶给它浇水，盼着它结出大西瓜。功夫不负有心人，十来天之后瓜藤上真的结出一个小瓜！我高兴极了，更加卖力地浇水。小瓜一天天长大了，渐渐长成了半个足球那么大。我怕馋嘴的小孩来偷瓜，便每天拿个小板凳坐在旁边看着，等到天完全黑透了妈妈一再催促我才恋恋不舍地回家吃饭。

一天我又去看瓜，发现瓜藤已经变黄了，小西瓜挂在藤上，蔫头蔫脑的。我悲伤极了，一连给它浇了两桶水。然而，第二天去看的时候，小西瓜还是完全不行了。我抱着侥幸的心理把它摘下来，让妈妈拿刀切开，只见西瓜的中间是淡红色，边上围着一圈黄白色。我不甘心地尝了一口，淡而无味。我的眼泪一下子掉了下来，哭着要我那“又红又沙”的大西瓜。妈妈为了安慰我，买回来一个西瓜，我吃着甜甜的西瓜心里还是为那不幸夭折的西瓜感到悲伤。

长大以后，西瓜不再珍贵，甚至连乡下的瓜田也不再需要看瓜人。可是，我依然最爱吃西瓜，除了它的清甜可口之外，可能还因为童年时爱吃的事物总会在味蕾上留下异常甜美的记忆吧。遗憾的是，我再也没有看过瓜。

摘黄花

乡下孩子都是干着农活长大的，像打猪草、看瓜这类的农活，我们不但不以为苦，反而乐在其中。不过，也有辛苦的农活，我们小的时候，一怕“双抢”（湖南多种两季稻，早稻收割时要赶着种植晚稻，叫作“双抢”），二怕摘黄花。这两样农活都是在最热的仲夏时分进行的，所以我们很小就体会过“锄禾日当午，汗滴禾下土”的苦楚。

我们那地方从前又叫“黄花之乡”，遍地都种植着黄花。黄花又叫金针菜，没有开放时花蕾细长，状似金针，完全盛开时花形类似野百合，不过是金黄色的。黄花一般在六七月间成熟，绿油油的叶子衬托着金针似的黄花，微风吹来随风摇曳，那种场景美不胜收。

乡人们种植黄花可不是为了观赏，而是为了它的经济价值。黄花晒干之后可以出售，价格是大米的数倍。收成好的话，几百上千斤干黄花，能够抵农家一年的开支，甚至有人专门种植黄花为生。

摘黄花是个苦差事，黄花长得很快，早上萌出花苞，中午时花蕾膨胀至最大，到了下午花蕾就会盛开。开了的黄花是不能吃的，所以得赶在它体积最大又还没开放的时候摘下来，而这个时候往往是一天中最热的时分。

六七月的酷暑时节，我们在中午十一点左右顶着大太阳，背着背篓到地里去摘黄花。这时的日头尤其毒，明晃晃的阳光铺天盖地地照下来，刚走出家门就大汗淋漓了。为了遮挡阳光，我们会戴上斗笠，我嫌这样太闷热，便将毛巾在清凉的溪水里浸透了再蒙在头上。可阳光实在太猛烈，不一会儿毛巾就干透了，要想凉快一些就得重新浸湿。可是，这样太费事了，为了节省时间，我一般懒得跑这一趟。

我们家的黄花地比较少，只有两小垄，不到半个小时就摘完了。有一年，一户亲戚去了城里，把黄花让给我家摘。我妈忙不过来，就将这个任务交给了我。现在想起来，这真是一个光荣而艰巨的任务，亲戚家的黄花地很宽，足足有一亩多的地。我背着背篓站在太阳底下，一眼望过去，觉得那黄花地可以用“一望无际”来形容。我通常十一点出门，摘到下午两三点才能摘完。我是个急性子，总是边摘边担心黄花会开，于是一刻都不敢停歇。几个小时下来，我感觉自己都要被烤焦了，身上的衣服也湿透了。

我爸体恤我不容易，许诺每天给我五毛钱。一个暑假过完了，黄花也基本摘完了，我天天掰着手指头算，一天五毛钱的话，十天就是五块，三十天就是十五块，两个月就能挣整整三十块！要知道，那时一个棒棒糖才只要五分钱，一碗米粉只要一块五，三十块可是一笔巨款了。谁知道暑假过去之后，我爸完全忘了这茬，我一气之下，开始每天从家里的铁罐里偷偷拿钱，为了不被我妈察觉，每次只拿一两块。由于我从不偷拿家里的东西，我妈虽然觉得钱的数目不大对，也没有怀疑过我。当然，我也很有“职业操守”，累积到三十块之后就再也不拿了。

黄花摘回去之后，要蒸制再晒干，程序相当烦琐。经晒制之后的黄花菜是很金贵的，大家都舍不得吃，女人们只有在坐月子时才能喝一碗黄花汤，据说这种汤催乳效果特别好。没有产妇的家庭一般会把黄花菜全部卖掉，没有人想着留点自己吃。

后来我才知道，黄花菜就是古人口中所说的“萱草”，据说常吃可以令人忘忧，所以又有个很好听的名字叫忘忧草。黄花吃了能不能忘忧我不知道，唯一可以确定的是，摘黄花实在是太苦了。神奇的是，吃过这个苦头的我多少年后还对其念念不忘，我依然记得摘完黄花后将头浸进溪水的凉爽，依然记得黄花随风摇曳的美丽景象，依然记得摘完黄花后满载而归的喜悦。记忆这个东西，可能有时候真的自带滤镜吧。

Chapter 4

有些人有些事，
光听一听就觉得是那么美好

唱古诗的女子

前段时间看到一个视频，以演唱《忐忑》风靡网络的龚琳娜站在舞台上，深情地唱着一首古风歌，为她抚琴伴奏的是一个老外。仔细倾听，我惊呆了，唱的居然是李白的《静夜思》！这流传了千年的诗篇，在这位现代女子的深情演绎下居然散发出新的生机。

诗、词不仅可以兴观群怨，还可以谱曲后用来吟唱。

我还在岳麓山下求学时，曾有幸听到了胡老师演唱李白的《三五七言》。这首诗原是古琴曲，胡老师告诉我们它可以配乐唱时，学生们便撺掇她唱给我们听，胡老师放下手中的书，清清嗓子唱道："秋风清，秋月明，落叶聚还散，寒鸦栖复惊……"初次听胡老师唱诗，只觉得和平时所听的流行歌曲大不一样，歌声低回，清越持重，让人想一听再听。

"入我相思门，知我相思苦，长相思兮长相忆，短相思兮无穷极……”胡老师微微眯起眼睛，深情地望着窗外。虽然身处斗室之中，不知为何，这歌声却把我带到了华山之巅，恍惚中似乎看到郭襄在清风中殷切地期盼杨过的到来。

后来，我们曾经集资为胡老师录过一个光盘，里面收录了她唱的各种古诗词。除了这首《三五七言》外，还有《蒹葭》《水调歌头》《菩萨蛮》《雨霖铃》等。她说话带着浓重的长沙口音，唱歌时吐字也并不清晰，可是我们觉得这样的唱腔能很好地演绎出古诗词的意境。

我对胡老师的仰慕，很大程度上是基于一个农家女孩对名门闺秀的艳羡之情。胡老师出身名门，曾祖是胡林翼，当年和曾国藩左宗棠齐名。良好的家境使她得到了良好的教育，据说在她小时候，父亲经常把她抱在膝头为她读《聊斋志异》，而且不论家庭条件如何困苦，她的父亲都会带着家人去河西，春来观桃，金秋赏桂。

不可否认，天底下的父亲都是爱孩子的，可每个父亲表达爱的方式却不尽相同，比如我爸虽然也爱我和弟弟，但他没有那份耐心为我们读书，更不可能想起带我们赏桃花，他只会摘几个鲜嫩的桃子给我们吃。

唐诗宋词和春花秋月的滋养，使胡老师的言行之间隐隐透出名士之风。她为人爽朗，经常和大家一起谈天说地；她不拘小节，从不刻意打扮，总是穿着舒适得体的衣服；她喜好读书，屋内堆满了各类图书……有次她应邀给女生做讲座，选择的主题就是“如何做一个大气的女人”，我猜测这可能也是她一直追求的人生境界。

天气好的时候，她喜欢带我们去爬岳麓山。有一次，她站在岳麓山顶，迎风脱口吟道：“清风吹我衣！”顾盼间颇为得意，自诩为佳句天成。

才气过人的胡老师一生坎坷，四十五岁那年才拿到梦寐以求的博士文凭。事实上，她在此之前早已被学校破格评为教授，并担任了多年研究生导师。她不看电视，不打麻将，唯一的爱好是看书和写论文，后来她与时俱进地学会了上网。她曾戏说自己是典型的“无知少女”：无党派人士、知识分子、少数民族、女性。

她看书的时候，喜欢在空白处随意批注，前面写两个字“胡说”，后面紧跟精彩评语。我们都爱去她的书房借书，不是因为她搜集的图书版本有多么珍贵稀少，而是因为可以时不时地看见这些精彩批注。我有次借到一本有关佛学的书，里面长长短短的批注居然足足有上百条，读起来像是在聆听胡老师的教诲。

她曾写过一首七言古诗：“生不愿封万户侯，亦不愿识韩荆州。平生所愿二三子，从容结伴云山游。青春已暮应衰朽，犹自风华如锦绣。世人问我何良方，我有诗笔悬河口。传道授业信可乐，富贵于我浮云走。”这首诗把她的志向表述得清清楚楚。我觉得胡老师的风神近似于魏晋时的咏絮才女谢道韫，二人都算是脂粉中的才俊。

胡老师生活极为节俭，饭桌上常年都是青菜豆腐。她偶尔请我们去打牙祭，去的也只是杨裕兴这样的面店。

可能因为吃得清淡，胡老师长期保持着纤瘦的身材。节俭的她从未买过名牌服饰，但普通的衣物总是被她穿出非凡的气场。这可能就是“腹有诗书气自华”吧。五十多岁的胡老师依然仪态端庄，带学生去店里定做旗袍时，店主夸她比正值青春的学生身材还要好。

胡老师留住青春不是靠打美容针，也不是靠服用药物，而是靠“养心”。“面由心生”，心情舒畅，肌肤才能水嫩有光泽。胡老师认为读唐诗宋词是最好的养心方式，因为诗词的世界宁静纯美，能够让我们的心平静下来。

才高的人往往孤独，胡老师化解孤独的方式也是读诗词，她觉得那些诗人和词人是她的知己，写出的作品轻易地就能化解她的孤独。她曾戏言：“我至今没有遇到让我心动的人，读读苏东坡、辛弃疾的诗词，和这样的人来一场精神上的恋爱貌似也很有意思。”

胡老师已于2017年去世，可我总觉得坐在课室里听她深情演唱《三五七言》仿佛还是昨日之事。每当被生活压得喘不过气时，我总会想起那个才气过人的胡老师，想起那段美好而幸福的求学生涯。胡老师，谢谢你让我懂得了什么是诗意地栖居。

有间客栈

初到丽江，古城门口的大水车就给了我惊艳的感觉，不知道是不是我过分怀旧，凡是和农耕时代有联系的一切器具均能给我以无穷的美感。

可是，背着包匆匆走了一圈，我就快对这里腻烦了——因为这里的大街小巷挤满了人。站在街上，你即使想停下来观赏风景，也会被人流拥着往前走。

不仅如此，这里的每一条街道都充斥着浓浓的商业气息，这哪里还是什么休闲圣地，根本就是一个包装精致的工业品市场！街上身穿民族服装的姑娘脸上挂着商业化的笑容，兴冲冲地吆喝着："快来买牦牛肉啊，正宗的牦牛肉！""快来买玉石，真正的蓝田玉！""快来看披肩啊，质优价廉的披肩！"……到了晚上，酒吧街那叫一个"锣鼓喧天"，光是一米阳光就开了五六个分店，让人有一种全国的人都跑到丽江狂欢的错觉。

没想到随着时间的推移，我居然慢慢喜欢上了丽江。诚然，这座城市独特的魅力打动了我，但我觉得爱上丽江最主要是受了一位纳西族老婆婆的影响。

那天，我们拉着行李箱经过一条僻静的巷子时，突然有人叫住我问："你住不住店？"抬头一看，原来是一位纳西族的老婆婆，她板着脸戴着一顶富有纳西族特色的帽子，帽子下露出的头发已经花白。

由于阿婆的客栈没有院子，也不够有地方特色，我不太满意，于是委婉地表示了拒绝。

阿婆一听，二话没说就带我们去找有特色的客栈。不一会儿，她带我们来到了纳西人家客栈，这是个传统的纳西四合院，院里还有个秋千。老板娘说还剩两个房间，每间房价一百，我觉得不错正要交钱时阿婆却沉着脸说："这么小的房子还收一百，八十就行了。"

胖胖的老板娘怯怯地应了声好，我看着这个满头银发的老婆婆，忽然觉得瘦小的她挺有气场。

第二天一早，我还在梦中便听到了敲门声，透过窗户我看见阿婆站在院中呼唤我们："快起来，去我那儿吃早餐。"

梳洗后跟随阿婆来到客栈，很多人围坐在一起正在吃早餐，由于自己不是这个客栈的客人，我们自觉地垂头站在一旁。阿婆连忙拿出两条小板凳，招呼着我们往桌前坐。早餐很丰盛，白粥、油条、乌江榨菜，还有一盆鸡蛋，早餐不限量，可以随便吃。

围坐在一起，大家自然地聊了起来，原来大家都是来丽江旅游的游客，有住在阿婆这儿的，也有像我们一样住在别处的。有群北京的游客刚从香格里拉回来，他们你一言我一语地控诉着导游的凶悍，四五十岁的阿姨在阿婆跟前居然像个受了委屈的孩子，说话间隐隐带着向母亲撒娇的味道。

阿婆虎着一张脸坐在旁边，像训小孩一样训着阿姨："我叫你们别去，你们非得去。不听话，现在受委屈了吧？"语气虽然不太好，可谁听了都知道这老人有副热心肠。

普普通通的一顿早餐，伴着阿姨们的说笑声和阿婆的训斥声，我居然吃出了家的味道。

吃过早餐，阿婆让纳西家的大叔领我们去拉市海骑马，在那里我们玩得挺尽兴。大叔告诉我们，阿婆姓杨是电信局的退休工人，如今七十多岁了，她脾气虽然有点怪，但为人特别好，只是不知为什么一辈子没有结婚。阿婆每月领着两千多的退休工资，经营的客栈一年下来也至少有十来万的盈利，她孤身一人无处花钱，所以为人特别慷慨，很多人曾接受过她的帮助。

下午，大叔把我们送到束河，说不知道我们玩多久，所以不过来接了。我们在束河待了一下午才回丽江，刚进客栈老板娘便迎上来说：“不到六点阿婆就来叫你们吃饭了，我让她先吃了。”

晚上见了大叔，觉得他的脸色不太好。后来才知道，那天阿婆见我们久久不回来，又没有我们的电话，心里着急，就埋怨大叔为什么不去束河接我们，还说他为人“不地道”。为了两个陌生人不惜开罪多年的朋友，看来这个阿婆的确是有点怪。

虽然从香格里拉回来的游客一个劲儿地抱怨，但我们还是想去香格里拉看看，阿婆只得帮我们报了一个团，给的是全城最低价。旅行团第二天六点会在阿婆的客栈接我们，天还没亮我们便来到了阿婆的客栈，没想到她居然已经熬好了稀饭，见我们过来便督促我们吃点儿，我真不知道她是什么时候起来的。

那天早晨我穿了件短袖，阿婆板着脸训我：“知道这边冷也不多带点衣服。”说完，转身进屋找了件粗线毛衣叫我穿上。怕我们有高原反应，阿婆又找了瓶痒气让我们带着。

两天的香格里拉之旅，让我们受了满腹的委屈。回到客栈见到阿婆，我们忙不迭地向她诉起苦来，阿婆像以前训那些阿姨一样，板着脸训我们：“谁叫你们不听话了，叫你们别去非得去。”

阿婆领着我们吃完晚饭就催大家回去，原来那天是纳西族的火把节，她特意留了火把等我们回去点。路过丽江广场时，我说想和她合张影，阿婆白了我一眼：“有什么好照的，你好烦啊。”我怏怏地低下头，她却笑道，“回你们住的那个客栈点了火把再照，这个广场没啥好照的。”

伴着跳动的火焰，我们几个年轻人聚在一起，阿婆撺掇着几个小伙子不停地跳火把舞。小伙子们跳了一次又一次，她还是不满足地说：“我没看够呢，再跳一次。”也许是受了年轻人的感染，那晚阿婆笑得很开心，所有人都争着和她合影。

不幸的是，平平从香格里拉回来就病了，她上吐下泻，小脸惨白。阿婆拿药给平平服下，终于有些好转，生病的她食欲不佳，只想找个粥铺喝点软糯的米粥。阿婆一听粥铺就瞪眼睛：“在那儿喝一碗粥就要四块钱，贵死了。”说完就去熬粥，平平连连道谢，阿婆还是训她：“你一个年轻人，怎么这么多事，快点好起来吧！”

帮阿婆料理客栈的大姐说，一条街的人都觉得阿婆是个怪人，背地里没少议论她。大姐也弄不明白，阿婆不愁吃不愁穿的，整天为这些陌生人忙来忙去是为了什么。

我也不太明白阿婆到底是为了什么，她的客栈才六间客房，可高峰期居然有二三十人来吃免费的早餐。不仅如此，阿婆家的水果、零食免费供应，游客们大至住宿出行，小至购物逛街，都会向阿婆求助。这些浮萍似的游客一旦离开丽江，又有多少人记得她的恩情呢？阿婆从这些陌生人身上又能获取什么呢？

那天晚上，我看见阿婆带着一群高中生去逛街买特产，有个小老板来找她办事，她指指身后谈笑的女孩们说："我可不比你们那么有时间，每天都有这么一大帮人要我管，哪有时间弄这些事啊。"言语间透露着一种充实的满足感。

那一瞬间我突然明白了，原来日复一日的忙碌，让孤独的阿婆享受到了难得的亲情。阿婆拿我们这些游客当女儿，当孙女，自然也会有些游客把她当妈妈，当奶奶。我看见她的桌子上摆着本影集，全是她和别人的合影。听人说，总是有人从全国各地给阿婆写信、寄东西。有一次，阿婆收到一个包裹，里面放的是蚕丝被，阿婆心疼地抚摸着盒子说："非得用个盒子装了寄，这得多花多少钱啊。"我想，那一刻阿婆的心里肯定是温暖的。

我们需要阿婆，阿婆又何尝不需要我们呢？毕竟，我们有时需要依靠陌生人的善意才能够活下去。

四天的日子很短，我们就要离开丽江了。结账时，阿婆坚持说那碗米线是她请我吃的，不能收钱。要知道，这可不是6块钱一碗的米线，这一碗就得25啊。帮忙订好车票后，阿婆非要送我们去坐车，虽然打车只要7块钱，但是她的原则是不该浪费的钱绝不多花。见我走得慢，阿婆一把抢过我的行李背在了身上。她以前是送电报的，上了年纪的她仍然健步如飞，我小跑着才能勉强跟上。

公交车开过来了，阿婆担心我们没有零钱，忙掏了两块钱给我们。来不及好好告别，我们就匆匆上了车。汽车开得很快，一眨眼阿婆瘦小的身影就不见了。我这才发觉，我对这个老婆婆竟产生了和奶奶分开才有的那种不舍。

一座城市是否美好，在于那里是否有我们牵挂的人。有了阿婆，丽江于我，不再是一个商业名城，而是一个散发着浓浓亲情的家园。

阿婆的客栈在河畔旅舍旁边，里面有块牌子写着“有间客栈”，这个别致的名字，必然是哪个陌生游客帮阿婆命名的吧。丽江旅游有淡季和旺季，阿婆的客栈却四季红火。

捡来的孙女

以前小孩子哭闹，妈妈们就会吓唬他："再哭红毛嬷嬷（相当于狼外婆）就把你抓走了！"后来小孩子一哭闹，妈妈们就会吓唬道："再哭人贩子就把你卖到山窝窝里去了！"

在妈妈们的嘴里，人贩子是一种特别令人恐怖的生物。小孩落到人贩子手里下场是很悲惨的，挨打、饿肚子，被卖到深山老林里还算好的，据说最恐怖的是被割掉舌头，挑断脚筋，扔在城市的街头乞讨。

在小孩子的印象里，人贩子比山里的老虎还要可怕。听妈妈们说，人贩子总是笑眯眯地从口袋里掏出糖来诱惑小孩吃，那糖里有迷药，小孩一舔就晕过去了，接着他们就趁机把小孩装到麻袋里带走。"以后看你还敢不敢吃陌生人给的糖了！"妈妈们最后总是以这句话结尾。小孩听后总是被吓得战战兢兢地连连表示"再也不敢了"。

听多了人贩子的传闻，我们都变得格外小心，到街上赶集时总是紧紧拉住妈妈的衣角，生怕走丢了被人贩子带走。见了刻意接近自己的陌生人，我们就会板起面孔，摆出一副生人勿近的表情。可再小心也总会发生意外，我的小伙伴小玉就差点不能回家。

小玉五岁的时候随妈妈去县城的舅舅家做客。到了舅舅家，大人们凑成一桌打牌，见小玉坐在一旁闷闷的，舅舅便让女儿带她去街上玩。小玉的妈妈有些不放心，舅舅满不在乎地说这条街上的邻居都认识，走丢了也不怕。

就这样，八岁的表姐带着五岁的小玉上街了，姐妹俩一路走一路看，小玉难得来一次县城，看什么都稀奇，遇到卖小人书的，要停下来看一看，遇到做棉花糖的，也要停下来看一看。表姐兜里还揣着她爸给的五毛钱，两姐妹一人买了一个棉花糖，兴高采烈地边吃边往前走。棉花糖甜甜的，小玉舍不得像表姐那样大口地吃，只一小口一小口地舔着，等棉花糖吃完，姐妹俩已经走出了熟悉的那条街。

小玉那天穿了双新凉鞋，是妈妈带她进城特意给她换上的。塑料做的新凉鞋有些硌脚，这段路走下来她感到自己的脚很不舒服。

“我们往回走吧。”表姐提议说，再走下去她也不认得路了。

“我走不动了。”小玉给表姐看自己的脚，两只大脚趾和脚后跟都磨出了水泡。

“你真是太麻烦了。”表姐白了一眼这个娇气的小表妹，然后弯下腰说，“上来吧，我背你回家！”

可是，她高估了自己的力气，小玉刚趴在她的背上，她就觉得很重，勉强站起身来腿却抖得厉害。无奈，她只得叫她下来：“你下来吧，我实在背不动。”也是，八岁的表姐怎么背得动五岁的小表妹呢。

“你咬咬牙跟我走吧。”表姐鼓励她。

“不行，我实在走不动了。”小玉虽是农村的孩子，可也从没吃过苦，双脚的疼痛和表姐刚才把她背起又放下的举动，把她彻底惹恼了，于是她索性坐在地上不动了。

表姐拉不动她，只得说：“那这样吧，你在这儿等着，我回去叫大人来接你。”

小玉点点头答应了。

表姐走了之后，小玉一开始还乖乖地坐在街边的屋檐下，听了那么多人贩子的故事，她可不敢乱跑。

可没过多久，她就听到了一声声脆亮的吆喝声：“卖糖葫芦啰，卖糖葫芦啰，又甜又脆的冰糖葫芦！”循着声音望去，她看见草木棒子上插着几十串糖葫芦，当时正是夕阳西下之时，蜜糖般的阳光照在晶莹剔透的糖葫芦上，让糖葫芦看上去那样诱人。

“糖葫芦一定很好吃吧。”在糖葫芦的诱惑下，小玉忘记了脚痛，也忘记了妈妈的训诫，她不由自主地站起来跟着那卖糖葫芦的小贩走出了好远。直到小贩骑上自行车消失在小巷深处时，她才回过神来。这时，她发现自己站在一条幽深的小巷里，已经迷失了方向。

如梦初醒的小玉凭着一点模糊的印象往回走。那个时候的县城，只有两条横平竖直的街道，其他的都是曲折狭窄的小巷，小玉像无头苍蝇一样在这些巷子里打转，一不小心还跌了一跤，裙子划破了，膝盖也跌得流了血。

她沮丧地坐在青石板上看着流血的膝盖，这时，一个令她毛骨悚然的声音在背后响起：“小姑娘，你一个人在这儿做什么啊？”她警惕地回过头，看见一张笑得有点扭曲的脸，一只脏兮兮、滑腻腻的手这时也搭在了她的肩膀上。

“别碰我！”小玉凭直觉判断这个冲自己笑的男人不是好人，她顿时想起了妈妈所说的人贩子。

“哎呀，你都流血了，叔叔带你回家好不好？”那个男人觍着一张脸凑了过来。

小玉急中生智，大叫了一声：“人贩子捉小孩啦！”那男人吓了一跳，把手缩了回去。趁他东张西望时，小玉跳起来就跑。

小玉慌乱地跑出了小巷，跑过了十字路口，直到确定那个男人没有追上来，她才敢停下来喘口气。天色已经暗了下来，霓虹灯这时亮了起来，这华灯闪烁的景象却吸引不了小玉，她已经彻底找不到舅舅的家了。

一阵疼痛从脚底传来，原来脚上的水泡被凉鞋磨破了。疲惫、疼痛、饥饿、害怕让小玉慌了神，她一屁股坐在地上哇哇大哭起来。

哭得再厉害，妈妈也不会从天而降，意识到这一点的小玉渐渐止住哭泣开始想办法。她擦掉眼泪往人烟密集的地方走去，人越多的地方越安全，她记得父母曾经这样对她说过。没多久她来到了一个居民区，她决定主动向住在这里的人寻求帮助。

该向谁求助呢？小玉觉得大多数人看上去都有点像传说中的人贩子，不管是那个尖嘴猴腮的老头，还是那个一脸凶相的大妈，都令她望而生畏。就在小玉快要绝望的时候，楼道里走出来一个穿得干干净净的老奶奶，这个老奶奶五六十岁，脸上挂着和蔼的笑容，手里还拎着一袋垃圾。小玉觉得这个老奶奶就是自己寻求帮助的理想人选，她长得慈眉善目一看就不是坏人，她拎着垃圾从这里出来，可以推断她是这附近的住户。

小玉打定了主意便大步迎上去，脆生生地叫了声：

“奶奶！”

那被叫奶奶的老人家愣了一下，低头便看见了这个不认识的小姑娘。小玉生得十分可爱，她的脸蛋白皙粉嫩，尽管如今脸上有点脏，膝盖也磕破了，看起来有些狼狈，但依旧十分讨人喜欢。老奶奶一见，顿时对她有了好感，便问她：“小姑娘，你怎么一个人在这里，你的妈妈呢？”

小玉听到“妈妈”顿时红了眼眶，她看着老奶奶说：“奶奶，我迷路了，找不到舅舅家了，也找不到妈妈了。”说完，眼泪便一颗颗地滚落。

“好孩子别哭，好好跟奶奶说，你舅舅家在哪里？”这个奶奶果然像她判断的那样和蔼可亲。

“舅舅家在一条街上，街边有卖棉花糖的还有补鞋子的。”小玉说。

“这条街叫什么名？”

“我不知道。”小玉急得眼泪直流。

“好了好了，先跟奶奶回家慢慢说，不哭啊，奶奶保准把你送回家。”老奶奶牵住了她的手。

人和人之间是讲究缘分的，不知道为什么，小玉一见这个老人家就有种莫名的信赖感。她深信老奶奶不会骗她，再加上她惊慌失措地跑了大半天早就筋疲力尽了，于是乖乖地跟这个老奶奶回了家。

奶奶的家人和她一样友好，爷爷脸色红润胡子花白，像极了年画里的老神仙，他见了小玉就问奶奶从哪里捡了这样一个水灵的小姑娘。叔叔说要多炒两个菜，用来招待这个小客人，婶婶一面给小玉准备洗澡水，一面去衣柜里翻找适合小玉穿的衣服，就连奶奶那比小玉大不个几岁的孙子都献宝似的要把自己心爱的玩具拿给她玩。

小玉那晚吃得饱饱的，奶奶和婶婶饭后帮她洗了澡，由于家里没有小姑娘的衣服，只得让她穿上哥哥穿过的海魂衫和牛仔裤。小玉的一双脚被磨得血肉模糊，奶奶戴着老花镜细心地帮她把水泡挑破，然后敷上了一种叫金毛狗的药。小玉还从来没有见过那样神奇的药，它们用水养着放在盆子里，长得就像金丝猴的毛，用的时候就拔下几根毛敷在伤口上，敷上后很快就能止血。

八点钟的时候，叔叔叫小玉去看本地台的新闻联播，他说小玉的妈妈如果找不到她，肯定会去电视台登寻人广告的。本地新闻播了三十分钟，奶奶一家人陪小玉聚精会神地盯着电视机，生怕错过了寻人广告。叔叔的推测没有错，那天小玉的妈妈找不到女儿急得快疯了，她立马去电视台要发布寻人广告，可是那晚的节目已经排好了，只能推迟一晚再播出。

新闻播完了，没有出现寻人的画面，小玉很失望，急得又要哭了。

“别急，今天太晚了，明天爷爷和叔叔送你回家。”奶奶抱着她轻声安慰，“你记得你家在哪里吗？”

“我当然记得，我家就在团山街上，街口那个房子就是我们家！”小玉回答。团山处于两县交界处，是我们县最偏远的乡镇，离县城足足有四十公里。

奶奶一家人没有一丝犹豫，一口答应了第二天送小玉回团山。

小玉安心地在奶奶家睡了一晚，第二天起来，她的疲惫已经消失，膝盖和脚上的伤口也好了个七七八八。吃过早餐，小玉换上婶婶特意给她买的白纱裙，跟着爷爷和叔叔踏上了回家之路。不是搭班车，而是骑摩托车，他们可能觉得这样去团山更方便。

那年头摩托车可是个稀罕物，小玉还从来没有坐过摩托呢。叔叔坐在前面负责开车，爷爷坐在最后，小玉头上戴着圆圆的头盔被护在中间。摩托车开动了像风一样快，不，小玉觉得比风还要快！小玉的白纱裙被风吹得鼓鼓的，她觉得自己都要飞起来了。

扫兴的是摩托车开到火厂坪（处于县城与团山之间），忽然熄火了。在这前不着村后不着店的地方连个修理店也没有，叔叔和爷爷只得下来推着摩托车往前走。小玉也要下车，他们不让，二人非让她坐在摩托上，推着她走。

天上的朝霞这时还没有散尽，小玉坐在摩托车上看着那红色的霞光，心里涌上一阵感动。乡间的黄泥路坑坑洼洼的，小玉坐在摩托上很快就被颠得睡着了。一觉醒来，她发现已经回到了熟悉的街道，她坐直身子，小手往前一指："爷爷、叔叔，快停下，那里就是我家！"

小玉的家就在街口，此时那里已经聚集了一群人，除了去县城找她的父母之外，她的爷爷、奶奶、叔叔、婶婶、姑姑、姑父等都赶到这里来等消息。

"我回来了！"当看到小玉穿着洁白的纱裙从摩托车上跳下来时，她的亲人们一个个张大了嘴，惊讶的样子仿佛看见了仙女下凡。

很快，小玉坐着摩托车回家的事在村里流传起来。不过，这并不算结束，小玉的父母拎着礼品去县城答谢恩人时，那个奶奶说什么都不肯收，并提出了要认小玉做孙女的请求。

因为一次街头奇遇，小玉从此有了一对居住在县城的爷爷奶奶。爷爷奶奶有两个儿子，四个孙子，最盼望的就是能有个孙女。那天他们看到聪明伶俐又可爱乖巧的小玉甚为喜欢，于是动了认小玉做孙女的心思。

此后每年放假，爷爷奶奶都会接小玉去他家玩，好吃好喝招待着无须多说，身为退休教师的两人还会辅导小玉功课。奶奶去哪儿都喜欢带上小玉，一有人对小玉的身份表示好奇，她就兴致勃勃地告诉人家：“我跟你说啊，我就出门倒了次垃圾就捡回来一个孙女，你看我这个孙女，长得水灵吧！”

聪明伶俐的小玉这时总是乖巧地依偎在奶奶身边，时不时地插上一句：“奶奶，我那时一见您就觉得特别亲，比我亲奶奶还要亲。”

小玉的亲奶奶重男轻女，对她确实不太好，小玉确实更依恋她的干爷爷和干奶奶。每次她一去县城，我们这些孩子就羡慕得不得了，我们多么希望被捡到的那个孩子是自己呀。当然，这种想法可不敢告诉家长，不然肯定会换来一阵讥讽。家长们都觉得，小玉机灵才逢凶化吉，换了其他孩子，没准真被那个坏人带走了。

小玉长大后仍然和干奶奶一家保持着亲密的关系，她读大学和找工作时她的叔叔婶婶没少给她提建议。她结婚的时候，干爷爷和干奶奶还有叔叔婶婶们都去了，还包了很大的红包，就像嫁孙女一样隆重。

今年四月份，干奶奶八十大寿，小玉特意请了几天假，带着女儿坐了三个小时的高铁去给干奶奶祝寿。

寿宴摆了五十多桌，两个老人的同事和学生来了不少。照全家福时，满头银发的寿星特意将小玉拉到身边。不认识小玉的客人纳闷地问老太太：“老师，您怎么忽然多了个孙女啊？”话音刚落，奶奶就露出笑脸：“我跟你说啊，这个孙女是我捡来的，虽然是捡来的，可比亲生的还要亲。我捡到她的时候，她还只有这么点子大……”

小玉知道，奶奶又要开始讲那个熟悉的故事了。很奇怪，这个故事她听了不下一百遍，可居然一点都听不厌。

小玉的女儿兰兰只有四岁，正是最爱听故事的年纪，她睁着大眼睛陪着妈妈聚精会神地听老奶奶讲故事。老奶奶说到小玉流落街头，她就急得直跺脚，老奶奶说到小玉被送回家，她便拍着手说：“世上还是好人多呀！”

一旁的小玉听了，默默地点头赞同女儿的观点。世上还是好人多，这个真理，她五岁那年就领悟到了。

姐儿头上戴着杜鹃花

这是首很老的歌了，演唱者齐豫的声音空灵悠远，让开车的人和坐车的人都静了下来。正是上班高峰期，车窗外是滚滚的车流，这空灵的歌声却为人们营造出一个静谧的空间来。

到了我们这个年纪，听歌往往不再是单纯地欣赏音乐，而是借助旋律来回味那黏附于歌声中的往事。每次听到这首《船歌》，一个人的身影就会在我的脑海中浮现出来。

初次听到这首歌时，我还只有十三岁，还是很懵懂的年龄。新来的音乐老师教我们演唱的第一首歌曲便是这首《船歌》，她用娟秀的毛笔字把歌词和曲谱抄在一张很大的纸上，然后悬挂在黑板上。

教室里有一架老旧的风琴，搁置不用很久了。她坐在风琴前，脚踩踏板，手指拂过琴弦，边弹边唱。风琴的声音有点低沉，她的歌声则清澈透亮，两者搭配在一起一下子就吸引了我们。于是，闹哄哄的教室一下子安静下来，大家安静地聆听她的歌唱。

半大孩子早已学会了看人下菜碟，以前的音乐老师是个以严厉著称的彪形大汉，大家上课时动都不敢动，而这个新老师刚走进教室，大家就看出了她很好欺负——她站在讲台上自我介绍时脸都红了。没想到，她一开口唱歌脸上的表情就变了，她若有所思地看向远方，像是完全沉醉在歌词的意境之中。

接下来的音乐课进行得非常顺利，她唱一句，我们跟着唱一句，清脆的童声回荡在校园里。我们是山里孩子，《船歌》里面的场景谁也没见过，可唱着歌就感觉来到了洞庭湖边，她变成了那个戴着杜鹃花的姐儿，带着我们一起迎着风儿追逐浪花。

我们从没学过这么甜蜜温柔的歌，以前那个彪形大汉不是教我们唱《弹起我心爱的土琵琶》，就是教我们唱音乐课本上的《共青团之歌》。

她的人也像她的歌声一样甜美，眉眼间总是带着甜蜜的微笑，说话的声音也总是轻轻柔柔的。她单名一个丹字，大家都亲昵地叫她丹丹老师。

我们所在的镇中学盛产武夫式的男老师和泼辣的女老师，丹丹老师的出现，让我们看到了柔弱、知性的教师形象。她对学生总是客客气气的，“请”“谢谢”这些字眼常常挂在嘴边，习惯了被老师呼来喝去的我们忽然被如此温柔相待，简直受宠若惊。在丹丹老师的课堂上，我们不约而同地收敛了乡下孩子粗野的一面，连最淘气的男生也变得斯文起来。

她教了我们很多课本上没有、电视机里也很少听到的歌曲，比如《梦田》《橄榄树》《雁南飞》等。虽然这些歌曲也极动听，但我觉得都不如最初那首《船歌》惊艳。

女生们课后喜欢在丹丹老师的宿舍里听磁带、唱歌、聊天，有时还会乱弹几下风琴。男生们不好意思与丹丹老师靠得太近，只能借搬风琴之类的粗活来聊表心意。

学校的老师和领导也对她青眼有加。男老师当着她的面，从来不开粗俗的玩笑，女老师都亲昵地叫她“丹丹妹妹”，大家都抢着给她介绍对象。学校的一个领导不止一次说：“可惜我儿子太小了，不然丹丹做我儿媳妇多好啊！”他的儿子确实不大，刚刚十三岁，和我一个班。

丹丹老师只比我们大六七岁，她刚刚走出师范学校的大门。由于年龄相仿，她什么都和我们说，我们很快知道她有好几个追求者，有在政府部门工作的，有学校的老师，有兵哥哥，甚至还有混迹街头的烂仔（小混混）。

她问我们应该选择谁，我们那会儿都是十三四岁的小毛孩，哪有什么分辨能力，只是很自然地把乡镇公务员和学校老师排除在外。没办法，我们那时觉得这些职业太枯燥了！兵哥哥呢，倒是挺符合那个年代理想男朋友的标准，就是两人相隔太远了。那个烂仔长得还挺帅气，骑着摩托车在街上穿行时总会吸引无数少女的目光，可惜他是个烂仔。我们那时觉得镇上的男人众多，可惜没有一个人配得上优秀的丹丹老师。

烂仔曾经抱着吉他在丹丹老师的宿舍楼下弹了一夜，一双眼睛熬得通红，第二天我们来上学时，他才骑着车匆匆离去。丹丹老师来上课时，眼睛也是红的，看来两人都是一夜无眠。

可能生性不懂得拒绝，丹丹老师那段时间在一众追求者之中周旋。她和乡镇公务员去吃饭，和学校老师去打球，和兵哥哥通信，有时还能看见她坐在那个烂仔的摩托车上，飞一样穿过小镇的街道……

她跟我们说，这些男人都不是她心仪的对象，不过还是希望能和他们做朋友。那个烂仔，自从弹吉他表白被拒后就改称她为小妹了，她偶尔也叫他一声大哥。

丹丹老师二十岁生日的时候，一群追求者来给她庆祝生日，有的提着蛋糕，有的拿着鲜花，远方的兵哥哥也寄来了贺卡，烂仔大哥出手最豪爽，送给她一条项链，不是黄金的，是刚刚流行的铂金。这份礼物太过贵重，丹丹老师坚决拒绝了。

项链拒绝了，可是另一份礼物却不得不收下。烂仔大哥特地为她在当地电视台点了一首歌，钟镇涛的《只要你过得比我好》，电视台的字幕上滚动显示：谨以此歌，送给我最亲爱的小妹。

丹丹老师着实感动了一下，觉得这位大哥实在是情深义重，其他的追求者们也都自愧弗如。

吃过晚饭，烂仔大哥提议去K歌，由他来埋单。一群人簇拥着丹丹老师前往小镇唯一的一家KTV，一群年轻人又是喝酒又是唱歌玩得很尽兴。丹丹老师有一副好嗓子，又是那天的寿星，那晚在KTV里出尽了风头，每个人都抢着和她合唱。从不喝酒的她那晚在众人的劝说下破了例，两杯啤酒下去就已经人事不知了。

大哥自告奋勇要送她回去休息，玩得正欢的一伙人没多想就把丹丹老师交给了他。

丹丹老师清醒过来才发现，她衣衫不整地躺在宿舍的小床上，身边睡着同样衣衫不整的大哥。

丹丹老师把他赶出去后，一个人关在房间里哭了一天一夜，任谁敲门都不开。第二天，她打开门平静地对前来劝她的女同事说："我要告他。"

烂仔闻讯，毫不在乎地说："让她告去。不就是一起睡了个觉吗，你情我愿的事，她不怕丢人就去告吧！"

事情成了罗生门。丹丹老师说自己被强奸了，烂仔却一口咬定没有强迫她。为了平息这件事，他请来了不少说客，还让媒人上门求亲，说愿意负起这个责任。媒人劝她：“丹丹，你莫闹了，再闹下去，对大家都没有好处。你开个条件，该赔偿赔偿，该结婚结婚，不会亏待你的。”

一贯温柔似水的丹丹老师当着媒人的面摔了茶杯，她还是坚持要上告。

烂仔最终被判了五年。

舆论在这时候转了风向。起初同情丹丹老师的人居然转去同情被判入狱的烂仔。他们觉得烂仔固然是咎由自取，可是丹丹老师难道一点责任都没有吗？那天晚上，不少目击者看见她和烂仔深情对唱，走的时候烂仔搂着她的肩膀，她还在冲烂仔笑。她说自己喝醉了，谁知道是真醉还是假醉？再说了，烂仔曾向她表白，她不喜欢烂仔就该和他断得干干净净，两人发展成这样岂不是她自找的？

烂仔被她害得入狱，真可怜啊！人们如此感叹。

在这样的议论声中，丹丹老师变得更沉默了，脸上的笑容也少了。流言很快传到了学生的耳朵里，她再来上课时，男生就不那么安分了，有人开始对着她的背影吹口哨。女生们倒是一个个赤胆忠心，照例去她宿舍玩，照例给她抄琴谱。在男生们闹的时候，还会挺身护着她。

不过，她的宿舍已经不复往日那般热闹，再没有人给她送花送礼物，也没有人上门给她介绍对象。往日众星捧月般围着她的那帮人全散了，像躲避瘟疫似的躲着她，只有那个兵哥哥一如既往地给她写信。

她给他回了一封信，信中言简意赅地介绍了发生在她身上的事。她以为，从此再也收不到他的来信了。

没想到，十天之后信没有来，兵哥哥本人来了！他一身军装站在她的宿舍楼下，用行动来证明他并不在乎。

没有鲜花，没有礼物，丹丹老师接受了兵哥哥的追求。这是他们第二次见面，彼此并无太深的了解，可她愿意给他一个机会了解自己，因为他给了她一个扬眉吐气、重新做人的机会。

作为丹丹老师的粉丝，我们也觉得扬眉吐气：瞧，我们老师可不是没人要，抢手着呢！

兵哥哥在镇上盘桓了十几天，走的时候丹丹老师给了他一个热情的拥抱。女生们都捂着眼睛说“羞死啦，羞死啦”，可眼睛却透过指缝偷偷往外瞧。

故事如果在这里戛然而止，也算是一个真爱拯救人生的范例。但是，现实往往比故事更为曲折。

我们读初三的时候，丹丹老师又遭遇了变故，这场变故使她的人生跌到了谷底，她不得不离开生活了将近三年的学校！

一天晚上，丹丹老师和学校的一个领导被堵在她的宿舍。那个领导就是开玩笑要丹丹老师给他做儿媳妇的那位。

捉奸的是领导的老婆，一个相当泼辣的乡下妇人，她指着丹丹老师的鼻子一通臭骂，丹丹老师被骂得毫无招架之力。而那个领导，早趁乱溜了。

班上的女生暗暗为丹丹老师叫屈，认定她是被胁迫的。那位兵哥哥可能也和我们有着一样的想法，他再次不远千里地请假回来，只为了替未婚妻讨个公道。

这时，丹丹老师和兵哥哥已经交往两年多了，打算年底就领证结婚。

兵哥哥说："你告诉我，是不是那个畜生强迫你的？是的话我让他把牢底坐穿！"那个年代，破坏军婚是个很严重的罪名，尽管他们还没有结婚，可离结婚也就一步之遥了。

丹丹老师沉默良久，清楚地告诉他："我是自愿的。我对不起你。"

兵哥哥的咆哮声传出宿舍，传到我们每个人的耳朵里，他说："你到底怎么回事？我在你眼里究竟算什么！"

我们听后心都要碎了，丹丹老师在校门口热情拥抱他的那一幕仿佛还在眼前，她怎么一眨眼就投入了别的男人的怀抱？

从那以后，丹丹老师就变成了一个声名狼藉的女人。她在这个学校里，再也得不到一丝一毫的尊重。老师们和她迎面走来，都不会正眼瞧她，连食堂打饭的大师傅都用色迷迷的目光猥亵她。

她的日子变得艰难起来，尤其是在课堂上。她本来就是个怯弱的老师，学生们出于怜香惜玉才不忍在上课时欺负她。如今，她的所作所为让学生们失望透顶，学生们怎么可能不变本加厉地刁难和戏弄她。

难堪的一幕终于出现了，一个男生在她的音乐课上用随身听大声地播放音乐，丹丹老师一再轻声恳求他把随身听关掉，他却不为所动。她忍不住用教鞭轻敲他的课桌，那个男生突然跳起来冲她破口大骂："你就是个婊子，有什么资格来管我！"

他就是那个领导的儿子。

丹丹老师捂着脸跑出了教室，从此再也没有出现过，听说她调去了另一间较为偏远的中学。

初三学业繁重，同学们想起她来偶尔会有一丝悔意，不过很快便释然了。音乐课随着中考的临近取消了，我们全身心地投入紧张的学习之中。

很长一段时间里，我们得不到她的消息。后来，听说她交了一个男朋友，人家知道那些事后，宁愿不要聘礼也要退亲。烂仔提前出狱了，开着摩托车跑到她所在的学校去求婚，她居然拒绝了。

转述的人用的是“居然”两个字。她可能觉得，既然烂仔都不计前嫌了，丹丹老师好歹也得给点面子。

如果不是差点走上她的旧路，我也许会和很多人一样，提起她来有一点同情，但更多的可能是轻视。可是经过了那段飞蛾扑火的感情，熬过了那段被人鄙视的日子，我才真正了解了她当时的想法。

我也是师范毕业，并在毕业后被分配到镇上的小学。一次，我去朋友的学校玩，那是所偏远的农村小学，破败的校舍内只有可怜的几个老师。没想到，在这里竟然碰到了丹丹老师。

她应该有三十多了吧，可是岁月似乎并没有在她身上留下多少痕迹，她依然身材窈窕，皮肤白皙。她穿着一件白色的T恤，配着一条天蓝牛仔裤，身上仍然散发着少女的气质。

见到我，她也很惊喜，执意要留我吃饭。我们吃饭的时候聊起了过去，我原以为她对于往事应该会避而不谈，没想到她居然坦然相告。

提到那个领导，我替她抱不平：“就是他害了你。”

“别这么说。”她笑了，眼角有细纹聚拢，可是这抹笑容是那么动人。她说，不怪那个领导，当初的确是她自愿的。

“他在我面前说他老婆待他怎样不好，一个大男人哭成那个样子，我看着可怜。”末了，她又加上一句，“其实那天我们什么都没发生，他只是抱着我诉苦而已，可惜没人相信！我不怪他。发生那件事后，所有人都说是我不好，只有他说过一句，‘丹丹，这不是你的错，你是个好姑娘。’”

她是个好姑娘，一直都是，可是为什么好姑娘就要被生活践踏，被流言中伤呢？

我问起她的近况，她说现在找了个男朋友，他一点都不计较她从前的事。

她兴冲冲地去找男朋友的照片给我看，我却突然有点难受，难道所有人都认为从前的事应该被计较，包括她自己？

那晚我留在朋友的小屋里过夜。

第二天一起床，听见隔壁教室传来一阵熟悉的歌声：“姐儿头上戴着杜鹃花呀，迎着风儿随浪逐彩霞……”

一个温柔的女声唱一句，孩子们清澈的童声跟着唱一句，歌声回荡在校园里，经久不散。

时间过得真快，一晃眼，就是半生。唱歌的人和听歌的人都在老去，只有这首歌还被一直传唱。

逃亡路上的爱情

来广东之前，有朋友劝我说，你去那里干吗，语言就是一个大问题，怎么沟通啊。

我不以为意，仍然坚持南下。广东方言难懂，不喜欢的人讥为“鸟语”，可是在喜欢的人耳里，倒觉得像黄莺出谷的鸣声一样悦耳。

这么多年来，我依然没有学会白话，其实一开始我也试图学习，后来慢慢放弃了，我脸皮太薄，一直不敢在人前说。偶尔在本地人面前鹦鹉学舌，就有人惊诧地问，你说话怎么有点广西风味啊。

我也很惊讶，怎么会这样呢。于是苦苦思索，到底曾和哪个广西人有过交集。

想来想去，忽然之间，脑子里浮现出一个苗条的身影。原来是她。

人生中的第一句白话，就是她教的。许多年以后，我几乎记不太清她的长相了，无意中学的口音却深深地印在了脑子里。

我还记得她的名字，她叫邓美璋。

认识她时，我才只有十来岁。生活在一个三面环山一面临水的小山村，了解外界信息的唯一渠道是看电视，那时我便对外面色彩斑斓的世界充满了向往。

邓美璋就是在这时出现的。

有一天，我和伙伴们在玩跳绳，这时隔壁家的小妹子跑过来，一脸神秘地对我们说："桥奶奶家来了一个大姐姐，长得可漂亮啦。"

乡下闭塞，偶尔来个陌生人都很难得，于是我们一伙人一窝蜂地跑到桥奶奶家去围观那个漂亮的大姐姐。

到了桥奶奶家一看，果然来了个大姑娘，她正坐在柴灶前拨火呢。这个姑娘穿着一件雪白的蝙蝠衫，这时髦的打扮把村里那些姐姐们比了下去。可是，这个姑娘显然不会烧火，柴火的浓烟把她呛得直咳嗽。

乡下孩子大多生性忸怩，我们几个挤在门口，探头探脑地往里面看，就是迟迟不敢进去。

这姑娘见了，大大方方地站起来，笑着跟我们打招呼："来嘛，进来坐嘛。"她说的居然是普通话，这还是我们头一次听见有人用普通话交谈呢。

刚才坐着不觉得，她一站起来，我们才发现她长得高挑又纤瘦。她的皮肤黑黑的，眼窝处有点往内陷，现在想来，那就是典型的广西人长相。

我们还是不肯进去，她走进里屋抓了一把糖出来。这时桥奶奶干农活回来了，她看上去不太高兴的样子，很不耐烦地驱赶我们："去去去，快回家去吧。你们妈妈叫你们回去吃饭呢。"

我们心不甘情不愿地被撵走了，那个大姐姐还跟在我们后面叫，吃颗糖再走嘛。

回到家里，我兴奋地跟妈妈说："妈妈，桥奶奶家来了一个大姐姐，穿着蝙蝠衫，长得可好看啦。你知道吗，她还会说普通话呢，和电视上的人说的一模一样！她还给我们糖吃呢。"

妈妈笑着问我："糖好吃吗？"

我有点沮丧，抱怨说："本来就快吃到了，可是桥奶奶太小气，把我们赶走了。"

妈妈的脸色一下子变得严肃起来，她说桥奶奶不是小气，是心里难过，让我们以后少去烦她。

我追问桥奶奶难过的原因。

妈妈说，因为戴叔叔的事情。

我再问，她就再也不肯告诉我了。

对这个戴叔叔，我的印象并不深，只知道他是桥奶奶的小儿子。有句话说，皇帝爱长子，百姓疼幺儿。这话说得真不错，桥奶奶最疼爱这个小儿子，好吃好玩的都给他。他很大了，桥奶奶还拿着饭碗追在他后面喂。

农村里的孩子很小就要干农活，上山砍柴下河摸鱼都是常事。可是，桥奶奶从不让他沾这些，只要他好好读书。戴叔叔高中毕业后没考上大学，他没有复读，也没有去找工作，而是在家呆着。偶尔他到田边想干点活，他妈总会风风火火跑来，一把抢过他手里的农具，很夸张地嚷嚷：“哎呀，我的儿，你读了这么多书，这哪是你干的活啊！”

听妈妈说，戴叔叔刚毕业时，还怀揣着一肚子建设新农村的理想。承包过鱼塘，养过蝎子，还买来一台收割机，想在村里推行机械化收割。可惜，我们那儿都是小块小块的梯田，大型收割机毫无用武之地。

这么折腾了一阵，把家里的积蓄折腾得七七八八，戴叔叔在家再也待不住了，于是提着行李南下打工去了。

一般打工的人每到过年就会回来，可戴叔叔出去后就再也没有回来过。妈妈说他犯了事，不知道是不是很严重的事。

戴叔叔走了很久之后，那个大姐姐来到了桥奶奶家，并在她家住了下来。

她的身份有点神秘，我们都不知道她到底和桥奶奶家是什么关系。问过桥奶奶，她支吾着说是亲戚。真奇怪，以前怎么从没见过，也从没听她提起过呢?

我们经常看到她随桥奶奶去地里干活。不过，她好像不太会干活，连锄草都分不清哪是稻禾哪是杂草，桥奶奶训她，她也不生气，还笑着吐舌头。

天气转凉了，她还是穿着刚来时穿的那双凉鞋，身上的衣服也还穿得单薄，嘴唇都冻青了。桥奶奶给她找了双布鞋，她也不穿，说在她们那儿很多人一年四季都打赤脚。

因为是邻居，我渐渐和她混熟了，也常去找她玩。

她告诉我，她叫邓美璋。

我不知道璋字怎么写，她就比画着说，璋是一个斜玉旁加一个文章的章，是美玉的意思。“你看，我就戴着一块玉呢！”她从脖子里扯出一根红丝线挂着的玉，指给我看。那块玉的形状很奇怪，不是观音也不是佛，而是长长圆圆的形状。

“呀，真像个茄子啊。”我忍不住说。

她哈哈大笑，说这类玉有个名字，叫欢瓜，寓意吉祥如意。她还说，这是她男朋友送给她的，希望她每天都开开心心。自从收到这块玉后，她就每天戴着。

我问她：“每天都戴着，连洗澡都不摘下吗？”

她笑着说当然不摘了，玉要天天戴着，才有灵气，才会保佑戴玉的人。这话，也是她男朋友说的。

她在桥奶奶家住了一两个月，乡下人觉得说普通话的人怪怪的，都不怎么和她交谈。现在想来，她应该是很寂寞的，所以才会和我说那么多话。

我很喜欢她，她性格开朗，脸上总是挂着笑容，而且懂的东西特别多。她很爱说起她的家乡，她出生在广西南宁市郊，她说那里几乎没有冬天，一年四季天气都很热，漫山遍野都是甘蔗林。

我最爱吃甘蔗，听她说得口水都快流出来了。

她还教我说白话，从数数开始教起，“呀咦三四唔流气吧狗死”，咬牙切齿一口气数完，好过瘾。我回家学给我妈听，我妈说：“快别学了，都成大舌头了！”

她说学白话没什么难的，其中有个字基本是万能的，那就是“咩”，什么是“咩”，怎么样是“咩”，好不好也可以加上“咩”。她问我：“你知道广州为什么叫羊城吗？”

我摇了摇头。

她逗我说：“那是因为广州人老是说‘咩咩咩’，你听听，像不像羊叫？”

我还没反应过来呢，她已经笑弯了腰。

她最爱说起的，还是她男朋友。在她的描述中，她男朋友似乎是一个很完美的人，英俊、聪明，而且特别有趣。他们是在火车上认识的，当时两个人是邻座，大热的天，她看见邻座还戴着个帽子，觉得很奇怪，于是用了各种办法让对方摘掉帽子，但是没有成功。不过两个人就此认识了，还到了同一个地方打工。

我问，他现在去哪了。

邓美璋叹了口气，说：“我也不知道。”

她平常总是笑，这是我头一次也是唯一一次看到她如此怅然。

那时我还小，对男女情事还似懂非懂，不知道怎么安慰她。

她惆怅了一会儿，又笑容可掬地说：“不要紧的，我可以等他回来。他一定会回来的。”这话像是在对我说，更像是对她自己说。

我很好奇，他到底是谁啊。但我始终没有问。

后来，天气越来越冷，我们都穿上了棉衣。邓美璋受不了湖南冬天的阴冷，回南宁去了。桥奶奶松了一口气，因为终于不用翻箱倒柜给她找衣服穿了。

她走的时候和来时一样突然，都没有和我们告别。

有一天，我推开桥奶奶家的门，没找到邓美璋，桥奶奶淡淡地说：“她回家了。”

我有点儿失落，像听故事没听到结局一般。我不知道，邓美璋有没有等到她男朋友，那个男人真的会回来吗？

此后，我再也没见过邓美璋。

一天，我放学回家，发现桥奶奶家忽然围了一堆人。我凑过去一看，原来是一群穿着警察制服的人。桥奶奶站在堂屋里面对这群警察吓得脸都白了，手脚都忍不住发抖。

我站得远远的，隐约听到什么“坦白从宽、抗拒从严”还有“自首”之类的话。

警察走了之后，桥奶奶把自己关在家里哭了很久，我半夜起来上厕所都能听到她的哭声。

那一年评五好家庭时，桥奶奶家就没份了。村里人还把她家挂着的五好家庭户的牌匾给取了下来。

村里的干部说，他们家现在是逃犯家庭，所以不能挂五好家庭的牌了。

我偷偷问妈妈，到底谁是逃犯啊。

妈妈脸色一沉，让我别多管闲事。

我终究从村里人的闲谈中，得知了桥奶奶家发生的事。那个逃犯就是她小儿子戴叔叔，他南下打工时进了一家工厂，工作很苦还挣不到钱。他在厂里结交了一批人，一天晚上大家出去玩，走在路上碰到个独身赶路的老人。有人动了邪念，提议抢老人的钱去吃宵夜。一伙人表示同意，于是他们抢了老人的钱袋就跑，老人在身后大声呼救。然而打开一看，钱袋里就十几块钱。

后来，有消息说要把他们全部抓去坐牢。戴叔叔特别胆小，闻讯就跑了。于是，他成了逃犯，他们家也成了逃犯家庭。

桥奶奶一家人因此在村里抬不起头来。乡间因田地水土常有争执，村人一和她争，就会骂她是逃犯家属。

戴叔叔这些年并没有和家里中断联系。后来桥奶奶实在撑不住了，终于把戴叔叔叫了回来。

戴叔叔只在家里住了一个晚上，我出外读书了没看见他。听村里人说，他又黑又瘦，根本不是以前在家时白净斯文的样子。

第二天一早，桥奶奶就亲自陪他去派出所自首。没多久法院的判决就下来了，戴叔叔数罪并罚，被判了十年。

知道这个消息后，桥奶奶一下就老了，她怎么也想不通，警察明明说要宽大处理的，怎么一判就是十年！

她变得有点精神恍惚，总是裹着棉衣蹲在墙角自言自语。走近了，会听到她说的是：抢了十块钱，怎么就要判十年呢！

很久以后，我和妈妈在闲聊时，无意中聊到桥奶奶一家。

妈妈说，你还记得那个邓美璋吗？

我说当然记得啊，怎么了？

妈妈说，邓美璋是戴叔叔在出逃路上认识的，也就是他女朋友。

这么多年的悬念终于解开了，我诧异于自己的后知后觉。

关于那段逃亡路上的爱情，我所了解的仅限于此。我不知道，当时邓美璋是不是知道戴叔叔的身份。回想起来，一开始也许不知道，后来应该是有所了解的。这样的话，她是一个多么有勇气的人啊！

戴叔叔的消息，也是妈妈告诉我的。

他坐了十年牢，其间桥奶奶常常去看他，并给他送钱送物。

十年后，他出狱了。在家里没住几天，就坐上了从县城去南宁的大巴车。

两天后，从南宁传来消息，戴叔叔坐的大巴车在高速上发生了车祸，大部分人只受了点轻伤，只有戴叔叔被抛出窗外当场身亡。

戴叔叔去南宁，是不是想见邓美璋呢？那段逃亡路上的恋情，也许是他生命中唯一的亮色吧。十年过去了，他仍然惦念着那个爱笑的广西姑娘吗？邓美璋呢，她还在等他吗?还戴着他送她的那块欢瓜吗？

这一切，随着他的猝然离世，成了永远解不开的谜团。

萤火虫之梦

记忆中的夏天，总是和蛙鸣、星河还有那漫山遍野的萤火虫联系在一起。

小燕子是春天的使者，萤火虫则是夏天的使者。那时的夏天没有电灯，可是那时的星星特别亮，那时的萤火虫也比现在多得多。夏天的夜晚，总是可以看到成群的萤火虫，它们在草丛中穿梭、飞舞，身上的光一闪一闪，看起来就像无数颗流动的星星。

我们在深蓝的天幕下，听着蛙鸣，追逐着萤火。村里的老人摇着蒲扇，坐在凉席上教我们唱古老的童谣："夜火虫，夜夜来，来做么咯，来摘细茶。细茶摘给哪个呷，细茶摘给爹爹呷，爹爹呷了钩犁坯。"

萤火虫的光芒闪啊闪，映照着两张稚气的脸，一张是我，一张是明子。

我小时候是个发育不良的黄毛丫头，瘦瘦小小，看起来特别不起眼。

明子的脸比我要圆一些，也丰润一些，大人们都说她长得喜庆，脸圆圆的像满月，眼睛亮得像星子，美中不足的是，脸颊上散布着几点若隐若现的雀斑。大人们见了明子，没有不爱捏一把她圆乎乎的脸的，村头的慧奶奶捏过之后，必说一句："这孩子长得年画娃娃似的，大了一定可以寻个好婆家！"

明子听了，涨红着脸懊恼地跑开了。留下我一个人站在原处，不知羞耻地缠着慧奶奶问："那我能找个什么样的婆家呀？"慧奶奶被我缠不过，只得笑眯眯地敷衍我："你看你这么瘦，最好是嫁个屠夫，准把你养得胖胖的！"

"我才不想嫁屠夫呢！"一想到村中那个杨屠夫满面油光、一脸肥肉的凶残样，我就忍不住机打了个冷颤。

"走啦走啦，捉萤火虫去。"明子又跑回来拉着我走，偷偷在我耳朵边说："这个老太婆，是在笑你呢！"我听了，边跑还边回头狠狠地瞪了慧奶奶一眼。其实我不大明白慧奶奶取笑我的话，可明子说的话，我总是坚信不疑。

说起来，明子比我还小一岁，但是她比我懂事早，主意也多。我跟她在一起玩，都是她出主意，我负责执行。她想去野炊，我就回家去偷腊肉和鸡蛋；她说树上的青柿子可以吃，我就吭哧吭哧地爬上去摘；她要摘茶叶卖，我就给她提篮子。

我平常总爱挂在嘴边的一句话就是“明子说”，我妈听了很不乐意：“死丫头，我说的话都是耳边风，偏偏拿一个丫头片子的话当圣旨！”她嫌我又懒又馋，连明子的一根手指头也比不上，末了还长长地叹口气，“唉，穷人家的孩子早当家，明子这妹子不容易啊。”

小孩子是没有什么穷富概念的，在我看来明子家和我们家差不多，她衣服虽破，可浆洗得干干净净，家里难得吃顿肉，可也长得白白胖胖。不过明子的确比我要辛苦得多，她放学后不仅要做作业，还要照顾她妈。

我可喜欢明子的妈妈了，她和明子一样有着圆圆的脸蛋和温柔的大眼睛，说起话来细声细气的，我几乎没有听过她大声和明子说话，更不用说骂她了。她的手很巧，会给明子织好看的毛衣，还会帮她把头发梳成漂亮的麻花辫。我妈为了省事，都是让我留短发。私底下，我不止一次对明子抱怨说：“要是能跟你换个妈妈就好了。”明子摇摇头，骄傲地回答：“我才不跟你换呢！”

“明子，你妈妈真好，我妈根本就不知道怎么梳这种辫子。”明子的妈妈给她梳麻花辫时，我就站在一旁羡慕得流口水。

“等你头发留长了，我也给你梳好不好？”明子的妈妈笑着说，我兴奋得连忙大声说好。

可惜，还没有等到我的头发留长，明子的妈妈就病倒了。她得了一种怪病，先是蔫蔫的没有精神，然后身体内的力气一点点流失掉了。开始得病的时候，她还可以拄着拐杖在外面走几步，后来连门也出不了了，再后来就瘫了，那时明子刚读一年级。现在想起来，她患的病估计是重症肌无力。

明子的爸爸，算是个小有本事的人，年轻时是个走南闯北的浪荡子，成家后改邪归正，一边务农，一边做点小生意。夫妻俩恩恩爱爱，生了一儿一女，日子过得还算红火。妻子患病后，他曾辗转带她到县城去看病，可她的病情实在太重了，医生们都束手无策，他只得用一个板车把她拖了回来。

自从妈妈瘫痪在床后，明子的生活就一落千丈了，衣服破了没人补，头发也乱糟糟的。有次我在她家玩，她的妈妈躺在床上还想给她梳麻花辫，手指头碰到明子的头发，却使不上一点劲儿。我清楚地看到，一串眼泪从她眼睛里掉了出来，她却连伸手去抹的力气都没有。

“妈妈不要紧，我自己会梳。”明子伸出手去，帮妈妈抹掉了眼泪。

她说到做到，不仅学会了编麻花辫，还学会了自己补衣服、做饭。她有爸爸，还有个哥哥，可两个男人都被这样的重大变故击垮了。爸爸又恢复了年轻时浪荡的生活方式，妻子瘫在床上，他就和村里的一个寡妇勾搭上了。哥哥比她大几岁，继承了父亲的浪荡子风格，小小年纪就辍了学出来混。

一老一少两个男人都不着家，是明子用稚嫩的肩膀撑起了这个家。不到七岁的她，几乎承担了家里的所有家务。做饭时灶台太高，她够不着，就在脚下垫两块砖头。做好了一家人的饭，她还得出去，叫在外游荡的爸爸和哥哥回家吃饭。他们偶尔良心发现了，会给家里碾一担米，或者给明子一点钱，但这种时候并不多。

她的妈妈躺在床上，无能为力地看着心爱的小女儿忙上忙下。她后来连手指都不能动了，唯一还能进行的动作就是流掉泪，她常常边掉眼泪边对明子说："我这样活着，还不如早点死了的好，省得拖累你。"

明子听了，什么也不说，只是照常给妈妈喂饭、洗脸、擦身子。她的妈妈由于长期躺在床上，已经变得很重了，明子要在别人的帮忙下，才能把妈妈转过来，给她擦背。她把妈妈照顾得很好，尽管卧病在床，却干干净净的没有长褥疮。

"你不用管我，出去玩啦。"女儿越体贴，明子的妈妈就越对她感到抱歉。

在她的催促之下，明子偶尔会出来跟我们玩。她比以前沉默多了，我们叫她跳皮筋，她摇摇头说不跳了，我们让她打水漂，她也摇头说不想玩。

昔日最好的朋友这样郁郁寡欢，我也没了嬉戏的心情，于是坐到了明子身边。她一句话都不说，我也不知道说什么好，就这样默默地陪着她。

夏天的夜晚，村里的大人们都喜欢坐在不远处的凉席上，有一搭没一搭地闲聊。我隐约听见，他们聊起了明子的妈妈，一个尖锐的声音传了过来："那样活着，还不如死了，省得拖累女儿。明子多可怜哦……"

明子忽然"嗷"地大叫一声，跳起来猛冲了过去，她指着那个人怒吼道："住嘴！不许这样咒我妈妈！"

"这孩子……"大人们吃了一惊，没想到明子这么大反应，都有些讪讪的。

明子吼完这句就跑开了，她跑过了塘坝，又跑过了两道田埂，然后跪倒在一片草丛之中。我气喘吁吁地跟在她后面，离得近了才听到她压抑的哭声。估摸着她哭得差不多了，我才走上前碰了碰她的肩膀。

"干什么？"明子停止了哭泣，忽然没头没脑地问我，"你还想跟我换妈妈吗？"

这个问题，我还真不知道怎么回答，愣了半晌才挤出一句："要不，我们捉点夜火虫给你妈吧。"

“捉夜火虫？”明子疑惑地看着我。

我也不知道怎么会突然有这个念头，不过，既然话已经说了，只得胡乱往下编：“夜火虫那么好看，你妈看了肯定会高兴。她一高兴，说不定病就好了。”

明子眼含热泪，终于点了点头。

我赶紧回家拿了个玻璃瓶，然后把我们捉到的萤火虫放进玻璃瓶里。

明子告诉我，她妈妈看到这一大瓶子发光的萤火虫果然高兴得笑了。那天晚上，她和妈妈就伴着微弱的萤火虫之光慢慢睡着，连梦里都似乎有萤火虫在飞舞。

只可惜，她的妈妈还是没有熬过那个夏天。

妈妈在，家就在，妈妈不在了，明子的家也散了。明子的爸爸不知道和哪个相好去外面打工了，哥哥辍学后也不知所终。明子成了事实上的孤儿，年迈的爷爷奶奶看她无人照管，只得带着她住在叔叔家。

明子的叔叔婶婶靠开小卖部维生，家里的日子本来就过得紧巴巴的，这下子凭空多了一张嘴，对明子的态度自然好不到哪去。明子也很知趣，去了叔叔家就帮忙洗碗、扫地，放学了就在小卖部卖东西，吃饭时只敢挑青菜萝卜吃。连我妈见了都说，没娘的孩子真是苦啊。

即便这样，叔叔一家还是容不下明子。婶婶总是铁青着一张脸对她骂骂咧咧，她的两个孩子比明子略大些，总是明里暗里欺负这个堂妹。明子的妈妈在世时，没有动过她一个手指头，可是现在她身上却开始出现各种瘀青。爷爷奶奶年纪都大了，还得靠着叔叔过活，只能睁一只眼闭一只眼。

村里的老人们都可怜明子。慧奶奶为了安慰明子，特意编造了一个美丽的传说，她告诉明子，人死了之后会变成夜火虫，它们提着灯笼，来寻找还在尘世的亲人。

明子听了后信以为真，时常对着萤火虫边哭边叫妈妈。她苦恼的是，那么多萤火虫，看起来长得都差不多，到底哪只是她的妈妈呢？她还曾担心地对我说，夜火虫的生命那么短暂，那么短的时间里能够找到亲人吗？

明子被两个堂姐欺负得太厉害了，我有时看不过眼很想挺身而出，这个时候她总是拉着我说："忍一忍吧，再忍一忍，等长大了就好了。"

那两年里，明子就是靠着"等长大就好了"的信念支撑下来的。小孩们都想快快长大，可没有一个人的愿望有她那么迫切，以至于她连书都不想读了，毕竟读到中学毕业还要那么久。

那时候，农村办丧事时流行请西洋乐队来伴奏。农村的丧事不比城里，追求的不是肃穆，而是热闹。西洋乐队有鼓手、号手、歌手等，死者出殡前，会搭起棚子唱一晚上的歌。明子在看过几次西洋乐队的演奏后，暗暗确定了一生的志向——去西洋乐队里唱歌。她发现这是唯一一个可以在十八岁之前从事的职业。西洋乐队里有几个女孩子，都是初中没读完就出来的。

听过明子的理想后，我觉得的确挺适合她，她的嗓子甜亮圆润，唱起歌来很好听。

然而，明子的愿望还是落了空，在她九岁的时候，得了一场重病，送医院检查后发现长了个瘤子，医生建议去省城动手术。

明子的爸爸早就失去了音讯，几个叔叔听说要去省城才能治好，也不约而同地选择了放弃。明子在他们眼中就像一只小猫小狗，对待猫狗们，能给口吃的就不错了，农村中谁家的小猫小狗生病了还花那么多钱去治？

明子只有九岁，她怎么甘心这样死掉！温顺得像小猫一样的明子，头一次显示出倔强的一面，她跪在几个叔叔的面前向他们磕头，苦苦哀求他们“求求你们，救救我吧，我不想死，我还想活！”再磕个头，嘴里还是这句“求求你们，救救我吧，我不想死，我还想活！”

翻来覆去，就是这两句话，却让围观的人们掉下了眼泪。明子的头磕破了，鲜血汩汩地流了出来，她的爷爷奶奶终于忍不住了，老泪纵横地跪在了儿子们面前。叔叔们再铁石心肠，也没办法无动于衷了。他们决定一起凑钱给这个苦命的小侄女做手术。村子里但凡条件过得去的，也都凑出了一点钱。

积少成多，明子终于得以去省城动手术。手术当时很成功，她出院之后还胖了一圈，身体稍微恢复了点她就挨家挨户到帮过她的人家去道谢，说等她长大了一定会好好报答村里人，好好孝敬叔叔婶婶们。村人们凑钱救她，哪里想过要什么报答呢，只盼着她能够健健康康地长大。

只可惜，明子辜负了人们的期待，动了手术不到半年她就瘫了。不知道是手术的后遗症，还是遗传了妈妈的病。这一次，谁也救不了她了，有了她妈妈的前车之鉴，大家都知道这是不治之症。

她的爷爷奶奶已于半年前先后去世了，没有人愿意再管她。明子被叔叔用板车送回到她家的老屋，那里久无人住，早就破败得一塌糊涂，大白天的都有老鼠横行，根本就住不得人。可又有什么办法呢？在我们那里，死在别人家里是很不吉利的，她只有回到自己那住不得人的老屋里等死。

尽管妈妈不允许，我还是偷偷去看了明子，去之前犹豫良久，还是决定违背誓言，给她捉了一玻璃瓶的萤火虫。那间脏乱的小屋里，散发着一股难闻的臭气。我悲哀地发现，躺在那一堆臭烘烘被子里的明子，正是这臭气的来源。我几乎可以肯定，她身上的某些部位，已经开始腐烂了。

她就那样一动不动地躺在那里，圆圆的满月脸早就瘦成了月牙儿，变成了可怕的青灰色。看见我手中的萤火虫，她的眼珠子略微动了下，这才有了一丝活气。

“夜火虫……”她艰难地伸出手来，我连忙将装满萤火虫的玻璃瓶塞到她手里。

明子紧紧攥着那个玻璃瓶，眼里怔怔地落下泪来，嘴里含含糊糊地说着什么，一会儿是“夜火虫，夜夜来”，一会儿又是“妈妈，妈妈”。

我看见她这个样子，不禁难过得哭了。天已经晚了，我不敢再多逗留，当我向明子告别时，她忽然盯着我，一个字一个字地说：“我不想死！”

“我不想死”，这四个字，她说得那样清晰。

“你不会死的。”我空洞地安慰着她。

“你要好好活下去！”明子直望着我。

“我会的。”我郑重地答应了她。

这是我和明子说过的最后一句话，三天之后，她死在那张小床上，身边没有任何亲人。她死之后，她的一个婶婶负责给她洗澡换丧服，明子身上太脏了，洗完后连澡盆子里的水都是黑的。

明子和她妈妈死于同一个月同一天，她下葬的那个晚上，我怎么也睡不着。夜深人静时，有一只萤火虫偷偷地从纱窗的缝隙处钻了进来，我恍然觉得，那就是明子的化身，她舍不得我，特意来跟我告别呢。它贴在我的蚊帐上，身上的光是那样微弱。

我从床上翻身起来，将窗户全部打开，那只萤火虫终于展翅飞了出去，它打着灯笼，汇入了万点荧光之中。我相信，那成千上万只萤火虫中，一定也有一只是明子的妈妈所化，她们一起化为这夏夜的精灵，从此再也不会分离。

从此以后，每当见到萤火虫，我就会想起明子。多少年过去了，我其实已记不清她的样子，但我始终记得自己对她的承诺——好好活下去，为她，也为我自己。不是每个小姑娘都有长大的机会，这世界是由幸存者和不幸者共同组成的，身为一个幸运儿，我深知自己没有权利辜负这仅有一次的生命。

每当我对生命倦怠时，每当我厌烦了这枯燥的生活时，我就会想起明子来。她曾经跪在地上，对这世界，对每一个可以救她的人，发出泣血的哀求，她是那样渴望活下去。明子活了不到十岁，她这一生就像夏夜的萤火虫一样短暂，可至少还有一个人，记得她曾发出的微弱光芒。

你冲破了黑暗的束缚，你微小，但并不渺小，因为宇宙间的一切光芒，都是你的亲人——亲爱的明子，我想把泰戈尔的这首《萤火虫》献给你，我来不及长大的小伙伴，我生命中永远闪烁的萤火虫。

两个女人的十年

（一）

中秋节的夜晚，收到李菁发来的祝贺短信，短信只有简单的四个字“中秋快乐”，我看后回了同样的四个字给她。

城里的月亮很圆很大，可在万家灯光的映衬下暗淡无光。

有多久未见到李菁了？我怅惘地发现，我和她居然已经认识了十年之久。然而，十年的光阴并未将我们的友谊沉淀成芬芳佳酿，曾经浓烈如酒的感情，终于一点点淡至清浅如水。

十年里，我们见证了彼此所有的成长、疼痛、迷惘甚至狂乱，曾经血脉相连心灵相通的我们，居然随着时间一天天流逝，变得渐渐陌生起来。

下一个十年，我们或许还将默默地眺望着对方的生活，目睹着对方变得成熟、世故甚至面目可憎，我们之间的距离将越来越远，可能此生再无交集。

十年后的中秋节，我曾经最亲爱的朋友，你还会想起我吗？

（二）

认识李菁那年我还只有十七岁，单薄、瘦弱、多愁善感，长长的刘海遮住半张脸，混在人群中没人在意。

九月的一天，同样十七岁的李菁推门而入的那一刻，我几乎以为看到了整个秋天灿烂的阳光。

那时候的李菁明艳动人，脚蹬当时流行的厚底松糕鞋，身穿短至膝上的蓝布牛仔裙，少女粉红色的皮肤绷得紧紧的。她未语先笑，一笑那双大眼睛就会弯成月牙儿，看起来是那么漂亮。

她那时的名字十分恶俗，居然叫金莲，因为这个名字她对父母愤恨了好多年。二十二岁那年她终于改名李菁，所以，我还是循着她的喜好称呼她李菁吧。

说实话初见李菁我就有了自惭形秽的感觉，但同样的背景和工作环境还是让我们成了形影不离的好友。我们都是师范生，都被分配到这个偏僻的小镇来当孩子王，心里多少都有点不甘心，于是课余时间总有无限精力要发泄，跳舞、溜冰、打球、登山，哪里热闹就往哪里凑。

我们体形差不多，穿着同样的白裙，留着同样的披肩发，镇上的人有时会分不清我俩儿，便戏称我们是“双生花”。

时间一久，大家便发现我们其实很不一样，李菁是个发光体，总是热力四射，有着用不完的精力；我则是动静皆宜，活泼的时候很活泼，安静的时候也可以很安静。我可以陪李菁疯玩一天，也可以静静地在宿舍看一天的书，而李菁却是一个静不下来的人，一旦静下来就会一个劲儿地嚷“好闷啊”。

李菁很快开始了轰轰烈烈的初恋，对方同样是英俊有活力的青年。现在想来那个男子可能生性轻薄，因为李菁本名金莲，他便喜欢叫她“小潘”。能将女友比作武松刀下的潘金莲，想必他对女友的爱意有限。

走在街上，李菁总是左手牵着男友，右手牵着我，张扬地笑着说男人可以换，朋友是一生一世的，所以要用有力的右手握住友情。

我们一开始都是代课教师，有一阵学校连续两个月没发工资，我们真的是穷得揭不开锅了。李菁从男友那儿借了一笔钱，也不多，早上去早餐店吃米粉时，我们为了省钱都吃小碗。那时候我还在发育，老饿得慌，李菁总是把她碗里的米粉往我碗里拨。

多少年过去了，我一直记得，她往我的碗里拨米粉后，装作吃饱了却忍不住往我碗里瞥一眼的样子。

（三）

如果不是初恋失败，或许李菁就一直待在那个小镇里相夫教子，过着平淡却幸福的日子。

为那个男人，李菁吃了不少苦。小小年纪便把自己交了出去，还因避孕措施不到位而不幸怀孕。很快那个男人就厌弃了哭哭啼啼要他负责的李菁，转而追求镇上另一位漂亮女孩。

那些日子，李菁根本不敢一个人入睡，总是伏在我的肩上哭泣，边哭边喃喃道：“小眉，他真的不要我了。”我一遍遍拭去她的泪水，在她耳边坚定地说：“不要怕，你还有我，我会一直在这里陪你。”

只要你需要我，我会一直陪在你的身边，分享你的喜悦、忧伤和疼痛。男人会变心，爱情会褪色，但是请相信我，我不会抛弃你，永远不会。十八岁的我这样想。

因为害羞，李菁选择了药流，谁知药流不彻底，只能到县城去做人流手术。躺在肮脏的手术台上，她紧紧地握住我的手，软软的小手在我掌中不断地颤抖。我苦苦央求医生，让我留在她的身边，借这双手给她传达微薄的力量。

做完手术，我惊讶地发现她一下子憔悴了不少，仿佛丰盈艳丽的花儿一夜之间就枯萎了。

我从饭店为她买来鸡汤，她头也不抬地喝着鸡汤，眼泪一滴滴流下来，掉进了温热的鸡汤中。

就是那一年，李菁毅然离开家乡，去洞庭湖边的一个小城打拼。后来，她开了一家精品店，小店生意还很红火。我仍在家中教书，每逢寒暑假便去小城看她。

李菁身边的男朋友走马灯似的换，她总是安定不下来，每次去她都会向我隆重介绍自己的新男友。我略微说她两句，她就撒娇说“一个人好闷啦”，受了爱情滋润的小脸光彩照人，让我不忍再说下去。

二十岁的我爱上了一个男人，一头坠入情网的我有点厌恶自己模样的清淡，想像李菁那样妆容靓丽衣装火辣地让他喷鼻血。李菁知道后，给我寄来大包小包的化妆品，叮嘱说酒红色的唇彩最适合我。

我听了她的，奋不顾身地投入那酒红一样魅惑的爱情中去。

（四）

那段刻骨铭心的爱情在我二十一岁那年结束了，失恋后的我办了停薪留职去投奔李菁。

李菁带我去吃那个城市出名的鸭脖子，我被辣得涕泪纵横。

她伸过手来揽住我，安慰道："小眉你别哭，不就是一个男人嘛，明天姐姐就去给你找一打！"

我坚决地摇了摇头。这次我不打算用一段新爱来疗旧伤，而是准备考研。

李菁没有讽刺我说师范生考研是多么自不量力，她默默地为我买来一堆英语书，每天中午不在家时都让店里的小妹给我送饭。冬天的小城很冷，她不声不响地买来电热毯和取暖器给我用。我考研的那两天，她比我还紧张，巴巴地托人从南岳山求来个小玉佛，非让我戴着去考试。

一年后，我如愿以偿到岳麓山脚下一家高校学古代文学，并交了新的男朋友。李菁偶尔会到长沙来玩，看着男友鞍前马后地伺候我，不禁打趣说："小眉，我拿我交过的十个男朋友换你这一个好不好？"

李菁的生意越做越好，一口气开了三四家连锁店，家里的父母兄弟都在她的店里帮忙。我俩的生活都在朝好的方向发展，见面谈起当初连大碗米粉都吃不起的时候，都觉得又心酸又甜蜜。

我以为李菁这几年会找个稳重可靠的男人结婚，没想到她居然爱上了一个比她小三岁的男孩。在我看来，这个男孩除了外形俊朗之外，再无可取之处。

可是，李菁就那么一头扎了进去，她还宣称"非君不嫁"。

我苦口婆心地劝她，她反而问我："难道你不是因为爱情才和你男朋友在一起的吗？"

我说："姐姐，我们年纪不小了，爱不起，也伤不起了。哪管得上爱不爱的，只要有个人真心对你好就可以了。"

李菁当然不会听，只怕心底还狠狠地鄙视了一番我的"将就"理论。那男孩说她名字俗，她就上天入地四处托人将身份证上的"李金莲"换成了"李菁"。我早已习惯了叫她的旧名，常常会不自觉地叫错，每当这时，李菁就会急急地纠正我，我突然感觉她的新名字似乎切断了我们多年来的感情。

这一段在我看来很快就会夭折的爱情没想到持续了很久，因为不看好她的爱情，我和李菁之间竟然慢慢地疏远起来。

（五）

研三的时候，毕业论文和工作像两座大山一样压在我的头上，我每天像个陀螺一样转个不停。

接到李菁的电话时我正在图书馆自习，她的哭声从电话那端传过来，让我感到有些不真实。

我赶去见她，却被她高高耸起的肚子吓了一跳。

李菁穿着一条皱巴巴的孕妇裙，哭着向我诉说那个男人失踪了，走之前还卷走了她的一大笔钱。

“医生说这个时候做手术风险太大，我不知该怎么办了！”李菁又伏在我的肩头开始痛哭。我对她说：“别怕，我们要这个孩子。”

李菁生孩子的时候我在旁边陪着她，像很多年前一样，她颤抖着握着我的手。我看着她的脸，发现她的眼角竟隐隐有了细纹。

二十五岁的李菁就这样成了一个单亲妈妈。儿子航航很像她，喜眉喜眼，李菁的QQ空间里铺天盖地的都是小航航的照片。她的爱情，难得地出现了空窗期，她把所有的爱都交给了这个小Baby。

我签了广东的一家报社，南下前想去见见她们母子，这时才发现李菁的身边居然又多了一个男人。在我看来，这个男人长得贼眉鼠目，一看就不可靠。

我气得转身就走，李菁连忙出门来追我。

我说：“你不为自己想，也要为航航想想啊。”

李菁凄苦地说：“小眉，我不比你，我静不下来。你还这样年轻，可是你看看我，我的青春就快没了。”

看着她俗艳的镂空黑纱短裙和鲜艳的口红，我不禁想起了当年那个推门进来的青春无限的小姑娘，我的眼泪一下子流了下来。

“你好好保重。”我走过去轻轻抱了抱她。印象中，这是我们的最后一次拥抱。

后来，我南下为未来的美好生活而打拼，李菁买了房买了车，独自带着航航，身边仍有各种男人向她不断示好。

再后来，我们的联络变得越来越少，即使打个电话彼此说的话也牛头不对马嘴，最后干脆连极少的电话也略去，换成节日时的一个简短信息。

我们各自有了朋友圈。时间过去一天，彼此的影子就淡去一分。有一天，我们终将相忘于江湖。

但是，我的生活中还是留下了你的烙印，去吃米粉时，我总会想起你眼巴巴地看着我，享用着本应属于你的那份米粉；化妆时，我偏爱酒红色的唇彩，从来不去碰触其他颜色；你托人为我求来的那个小玉佛，一直躺在我的小箱子中。

或许，这是另一种形式的记得。我曾经最亲爱的朋友，你的生命中是否也留下了我的烙印呢?

那些花儿

如今，我们都已为人父母。当年那些照耀过我们青春期的校花们，也早已嫁为人妻。她们中的大多数，在经历了几次刻骨铭心的恋爱后，都嫁给了那个能够陪她看细水长流的人。

（一）

头一个传出婚讯的是亦静。

亦静是我的学姐。我曾经特别渴想成为她那样的女子。

我的爸爸和她的妈妈是同事，从小父母就以她为典范教育我，亦静的优秀成了我的梦魇。爸爸总是在饭桌上向我转达她的光辉事迹：亦静又拿了全校第一名，亦静主持了迎新晚会，亦静第一批入了团……我听得无比惶恐，只敢埋头吃饭。

我现在还记得，亦静在学校国庆晚会上跳《天鹅湖》的场景。小小年纪的她，穿着漂亮的白纱裙，修长柔软的身材呈现出天鹅一般的姿态。她脚上穿了一双樱桃红的芭蕾舞鞋，我相信即使很多年后，还有男生会对那双红舞鞋念念不忘。

现在想起来亦静其实不算美，单论容貌顶多称得上清秀，而且有两颗小龅牙，一笑就会露出来，偏偏她还爱笑。可是她举手投足间有种说不出的优雅。要知道，在一群乳臭未干的疯丫头中，突然冒出这么一个娴静端庄的淑女，自然会显得鹤立鸡群。

亦静从着装到举止走的都是淑女路线，她从来不穿那些我们认为可爱的粉嫩少女装，总是偏爱藏青、淡碧、深蓝这一类颜色。我记得她有件藏青色的滑雪衫，样式很普通，可是衬得她分外娴静。她说话声音柔柔的，还总是未语先笑，让人感觉很有亲和力。

这样的脾气性格，按理说应该有很多朋友才对，然而她的人缘并不好。很多时候，她都是独来独往，其实女生们并不是不想亲近她，而是心里怯怯的。那会儿，我们野得可以跳上乒乓球台和男生决斗，却对接近淑女气质的亦静感到发怵。

亦静的妈妈是教师，可能是受妈妈的影响，她初中毕业后没有选择继续读高中，而是选择了读师范。很不可思议吧，可是这在当时是普遍现象，当年镇中学里成绩最好的那些人都选择了读中专，因为这样做可以搭上包分配的末班车。

读师范的时候，亦静照旧出挑，她的文艺才能在这里得到了最大限度发挥。这时，她和以前的一些老同学还保持着通信，这其中包含着隔壁班的一个男生。这个男生初中时就总是名列前茅，到重点高中就读后成绩依旧优异，他总在课余有一搭没一搭地给她写信。三年后，亦静毕业了，如愿分到以前就读的镇中学任职。她的人生似乎已经规划好了，如果不出意外，将和很多师范女生一样，教书育人，然后选个老师或者乡镇公务员做男朋友，两人携手度过“平淡而又不平凡”的一生。

那个和她通信的学霸男生，顺利地考上了清华，据说是我们镇中学出的第一个清华生。他进入清华后继续给她写信，而且频率越来越密，用语也越来越炽热，有些字眼看得她心发烫。老实说，尽管在同一所学校待了三年，她对这个男生的印象却并不深，可是随着通信的增多，这个少年的形象却从模糊变得清晰起来。

亦静是个心气很高的人，这个男孩的出现唤起了她对另一种生活的向往，她向往男孩身后的清华园，向往繁华的北京，向往外面那个辽阔的世界。她一直以为自己与那样繁华的世界无缘，一直以为自己就要在这个小镇里度过漫长的人生，可是他的出现把自己唤醒了。

于是，两个人就这样相爱了。对他们的恋爱，没有人看好。

小镇上的人不会管二人有没有“相同的灵魂”或者“共同的理想”，他们只会用最表面的东西来衡量，他是清华男，她是乡村女教师，怎么看都不像会有结果的。

在清华男的鼓励下，亦静准备考清华的研究生。她对自己很有信心，他也是。然而，着手做的时候，才发现没有想象中那么容易。她咬牙准备了一年，考完却连分数都不敢查。第二年，她索性办了停薪留职一门心思学习，可是依然没上线。

转眼清华男就毕业了，他非常荣幸地获得了去美国留学的机会。可是，当他第一时间把这个消息告诉亦静并兴冲冲地邀请她“去美国陪读”时，她却倔强地扭头说“不”。其实，亦静不是不为他高兴，也不是不想去美国陪他，可是她不想这样陪他走，她还是想通过自己的力量去考研，虽然她并不清楚这么做是为了证明什么。

男方父母本来就反对他们在一起，这下理由更充足了。对女友的眷恋抵不过对大洋彼岸的向往，清华男还是按照计划出国了。亦静留在国内，准备她的第三次考研。

这次总算考上了，因为她改报了普通院校。然而，她这个时候已经意兴阑珊了，对爱情也是这样的态度。在经历了重重考验之后，他们已经筋疲力尽，没有力气再像以前那样爱别人了。

在她以硕士新生身份报到的那个学期，他在美国结交了新的女友，女孩是和他一起出国留学的清华同学，相貌平平；她也很快和本学校数学系的一名研究生走到了一起，这个男孩虽然个子不高，但是对她千依百顺。他们在为对方耗尽了热情之后，不约而同地过上了中规中矩的生活。

有一天，她在QQ上和我聊起逝去的那段恋情，并没有太多感慨，她淡淡地说："也许我并没有想象中那么爱他，我猜想他也是。"当我还在对着这行字发呆时，她已经下线去给孩子喂奶了。

（二）

瑶瑶的故事可以用一句话来概括：她总是从一个学霸身边流浪到另一个学霸身边。这些学霸们和她结识于遥远的初中年代，

不久前，瑶瑶在校友录里上传了一张照片。照片里，她化着浓妆，穿着一件过分暴露的婚纱。双手揽着她腰的男士，看上去有点面熟。

校友评论说：祝贺瑶瑶和老张成为某中1997届第一对校园伉俪。

我这才发现，原来瑶瑶身边的那位男士就是当年参加数学竞赛次次都拿第一的老张！老张有点少白头，中学时代的他鼻子上

总是戴着一副厚如玻璃瓶底的眼镜。如今，他的眼镜换成了隐形的，我居然认不出来了。

瑶瑶怎么会嫁给老张呢？老张当年多木讷啊。带着一丝惋惜，我叫老公过来观赏："快来看，我们当年的校花！"正在打游戏的老公迅速扫了一眼电脑屏幕，马上提出了质疑："这是你们校花？照这个标准，我看你也能勉强评个班花。"

我白了他一眼，心里却不得不承认，男人看女人的眼光的确更加精准，就算经过无数次PS，还是可以看出瑶瑶已经失去了当年的风采。中学时代的瑶瑶是多么光彩照人啊，她就像一个发光体，出现在任何场合都会变成焦点。

瑶瑶这个名字，在我们镇中学一度成为传奇。老师们都说，见过有才有貌的，没见过这么才貌双全的。瑶瑶家里有五姐妹，个个都是货真价实的美人儿，号称五朵金花，而排行第三的她尤其出众。瑶瑶的长相很有古典韵味，她不仅有着标准的鹅蛋脸，还有着标准的柳叶眉和杏仁眼，更为难得的是，她的皮肤白皙细腻吹弹可破。盯着人看的时候，她的眼睛就像有水在流动，我见到她才真正明白了什么是水汪汪的大眼睛。

初见瑶瑶，我便联想到了《红楼梦》中的女子。然而，她又和书中那些古典美人不同，瑶瑶不似黛玉那般柔弱，不似宝钗那样粗苯，也不似探春那样凌厉，更不似迎春那样木讷。瑶瑶是朝气蓬勃的，也是才华横溢的。

当然，在一个看中升学率的初中学校里，有才基本上等同于成绩好。瑶瑶进校第一次期中考试就考了全校第一，这样的记录保持了两年，直到后来被一个男生打破。而这个男生很多年以后成了她的某任男友，这是后话了。

长得好又会念书，换成别的女生可能早就目无下尘了，可是瑶瑶从不在意自己的相貌。初中女生已经有了爱美之心，很多人都在穿衣打扮上下功夫，瑶瑶却一年四季都穿着一身运动服。国庆晚会上，当瑶瑶脱下运动服换上裙子上台主持节目时，人们才惊讶地发现，原来她有着那么玲珑的腰身。

初中毕业后，瑶瑶的身高没有再长。高中时我再见她，她已经变成了一个典型的理科女生。马尾辫换成了一头利落的短发，身上仍然穿着宽松的运动装，最遗憾的是，一副大大的黑框眼镜遮住了那双灵动的大眼睛。

后来我看胡茵梦的书，忽然悟出一个道理，美貌原本是上天给人的恩赐，可是当你过分不珍惜时，上天就会收回这份恩赐。对比下中年和年轻时胡茵梦的照片你就会明白我在说什么，瑶瑶的变化也让我有同样的感觉。

我不知道我们那一届有多少男生暗恋过瑶瑶，只知道她第一任男友到第N任男友，一直到最后娶她的老公都是我们的同学。这些男人有个共同特色，品学兼优、性格内向。

很多年后，瑶瑶的一位前男友对我说：“你知道吗，我喜欢她超过了十年。”他的开场白让我顿感时空错乱，用十年来暗恋一个人，然后再慢慢靠近她，我以为这样的故事只能发生在山楂树之恋那个年代。

他们的爱情也凄美得不像现代社会能发生的事。他们读大学时一个在北京，一个在广州，却熬过了那段艰难的异地恋。毕业后，他南下来到了她的城市，以为终于可以过上朝夕相处的日子，没想到他的父亲这时生意失败欠下了一大笔债。为了帮家里还债，他一天打两份工，晚上还要去天桥下摆地摊。最穷的时候一天生活费只有五块钱，饿了就吃馒头，然后拼命灌凉水。为了省下医药费，感冒烧到40度也撑着不去医院。他那时只有一个念头，把债还清然后娶她过门。

广州那年的冬天特别冷，哪怕是在北方待习惯的他也冻得打哆嗦。那年冬天，瑶瑶终于扛不住家里的压力，向他提出：“要么结婚，要么分手。”他知道结婚是不可能的，家里还有一两百万的欠款没还。

“所以，你们选择了分手？”我看着眼眶发红的他问道。

“她不是嫌我穷，她只是……看不到希望。”他喃喃地说着，像是在替她辩解，又像是在找一个让自己甘心的借口。

分手后没多久，他黯然地离开了广州，揣着仅有的两千块来到了我所在的三线城市。这里有个小镇，号称是世界灯都，没想到这里的灯居然真的点燃了他的生命。他尝试在网上卖灯，没想到取得了成功。两年后，终于还清了债务。

那两年他像上足了发条的机器人一样，一天工作十七八个小时。就在他的生意走上正轨，想着重新追回瑶瑶时，却听说了她准备结婚的消息。有人告诉他，瑶瑶的对象博士毕业后特意来广州追求她，如今那人在某家500强企业中任职。

“那时的感觉是一切都晚了。其实，分手后我总觉得她还在等我，我一直想等债务还清了，我就去找她。正是靠着这个信念，我才熬了过来。有时我甚至会想，如果没有这个信念，我会怎样？”他苦笑着摇了摇头，“听到这个消息后才知道，我是真的失去她了。”

他告诉我，听说瑶瑶将要结婚之后，他特意搭车去了她所在的城市。不过，他没有惊动瑶瑶，而是找到她上班的银行，隔着一条街远远地看了她一会儿。那一刻，他想起很多年以前，他也是这样站在人群里远远地眺望着她。不过，他知道，他再也没有办法走近她了。

我一直想把他们的故事写成一个小说，可是不知从何写起，因为他们的经历太过传奇，反倒显得不够真实。最近重读《十八春》，当看到世钧离开祝家大宅和曼桢擦肩而过时，我突然想起了他在银行外转身离去的那一刻。一转身，他们就错过了生命中最爱的女人，不同的是，世钧并不知情，而他是知道的。我猜想他肯定比世钧还要难过。

如今，瑶瑶已经和博士老公生下了宝宝，我的这位男同学还是单身一人。

（三）

拒绝学霸的校花并不是没有，阿乐便是这样一个。

当年我们镇中学评选出了四大校花，阿乐便是其中之一。镇中学评选校花，一向都是评选才貌双全的女生，然而阿乐的美貌实在让人无法把她从校花群中剔除，所以即便她学习不好依然牢牢地占据着校花的位置。

阿乐的母亲是在镇上卖卤菜的，身材敦实得和普通妇人没有丝毫区别，而且身上总是有股麻辣香干的味道。阿乐的父亲也相貌平平，并看不出丝毫动人之处。这样看来，阿乐的美和基因没太大关系。

初一新生报到那天，阿乐就轰动了全校。初二初三的学长都跟疯了似的拥到79班，只为一睹美女阿乐的风采。阿乐爱打扮，开学第一天更是下足了功夫，她穿着当时还很少见的蓬蓬袖雪纺连衣裙，艳粉色的裙子上缀着一层层的蕾丝边，越发显得她肤白似雪。这样的一条裙子，她母亲估计得卖半个月的麻辣香干才能买得起。

阿乐的头发又黑又密，带点自来卷，额前有个美人尖，那样浓密的长发怎么收拾也无法驯服，所以阿乐有时要花很多口舌向保守的老师解释“我真的没有烫头发”。开学那天，阿乐扎了个辫子，把它斜斜地绕在胸前。男同学见了，都说像热播剧《大时代》中的李丽珍。

阿乐打扮得这样正式，可是脚下却趿了一双鞋跟足有五厘米高的凉拖。初中三年，阿乐总是在夏天脚踩这样一双高跟凉拖慵懒地走在校园里，对那些投射在她身上的灼灼目光视而不见。

阿乐的哥哥成绩好，阿乐进校时，老师们对她也寄予厚望，男老师们更是恨不能将平生所学倾囊相授。阿乐的物理学得不好，物理老师就单独留了她开小灶，老师在黑板上又是画图又是列公式激情澎湃地讲了好半天，阿乐却忽闪着大眼睛问：“老师啊，我们家的电灯到底是串联还是并联？”物理老师这才发现，阿乐根本没听他讲什么。他很想冲阿乐发脾气，可是面对那双水波潋滟的大眼睛，他连重话也讲不出口。

阿乐其实不笨，只是没把心思放在学习上。老师和家长说什么她都点头说好，可是听过之后并不会执行，因为她心里有自己的一套想法。在家长和老师向我们灌输“好好念书，将来出人头地”的价值观时，只有阿乐不把这当回事儿。寝室卧谈，阿乐曾气定神闲地说：“我对读书不感兴趣，以后长大了就嫁个有钱人，留在家里相夫教子。”

这话一出口，我们就被镇住了。我们从没想过，女孩子还可以有这样的生活方式。虽然我们认为这样的生活方式对大多数女孩子而言并不可行，可是大家都认为，阿乐一定可以实现这个愿望。在我们心中，她的美具有所向披靡的魔力。

阿乐读完初中就辍学了，辍学后的阿乐走上街头，和母亲一起卖卤菜。年方十六的她站在一堆鸭脖子、鸡爪子、麻辣豆腐干中间，显得那样雪白粉嫩。她的美貌很快为她赢得了卤菜西施的美名，随之而来的还有越来越红火的生意——街头的浑小子为了一亲芳泽，不惜一天好几遍地来买卤菜。

我读高中时经过卤菜摊子，心里还有点发窘。阿乐倒是落落大方地和我打招呼，还看在老同学的面子上多给我半根鸭脖子或者几块麻辣豆腐干。我原本以为，阿乐辍学后会火速出嫁，以实现她初中时许下的愿望，没想到她却和家人卖起了卤菜，还一卖就卖了很多年。多年的风吹日晒，阿乐的皮肤渐渐失去了以前的白皙，她的脸上也渐渐有了风霜之色。浑小子们在挑逗不成后，对她的美貌也无动于衷了，于是她的卤菜摊子生意也淡了下来。我不知道阿乐是不是还在坚持她少时的理想，作为旁观者的我都有点心灰意冷了。

有一天，卤菜摊子前来了个面生的客人，他买了一大堆鸭脖子、鸭头、麻辣香干，阿乐在结账的时候要给他抹去零头，他却涨红了脸拼命摇头说“不用”。阿乐母亲认出了他，原来他是阿乐哥哥的同学，他从名校毕业后留在上海工作，如今收入不菲。他来这里买卤菜，自然是醉翁之意不在酒了。

这个哥哥的到来轰动了整条街，阿乐的父母觉得女儿终于可以风风光光地嫁出去了，大有扬眉吐气之感。阿乐的父母觉得，阿乐嫁给这个哥哥，就可以跟着这个哥哥去上海，从此过上不一样的生活。

没想到，阿乐居然拒绝了这门婚事。她的理由是“他是名牌大学毕业，我才初中文化，说不到一块去”。阿乐的父母差点因为这件事把她扫地出门，整条街的人都在替她惋惜：“可惜了，白生得这么好。”

不久，阿乐找到了能说到一块去的人，是个本地小伙子。他在南边闯荡了很多年，回来后开了家服装店，不算很有钱，倒也算个小老板。两人结婚后，夫妻俩各做各的生意，阿乐盘下一个店面继续卖卤菜，小伙子有空了会过来帮忙。两个人边干活边窃